A Pensão de Dona Berta

e outras histórias para jovens

Editora
Nova
Fronteira

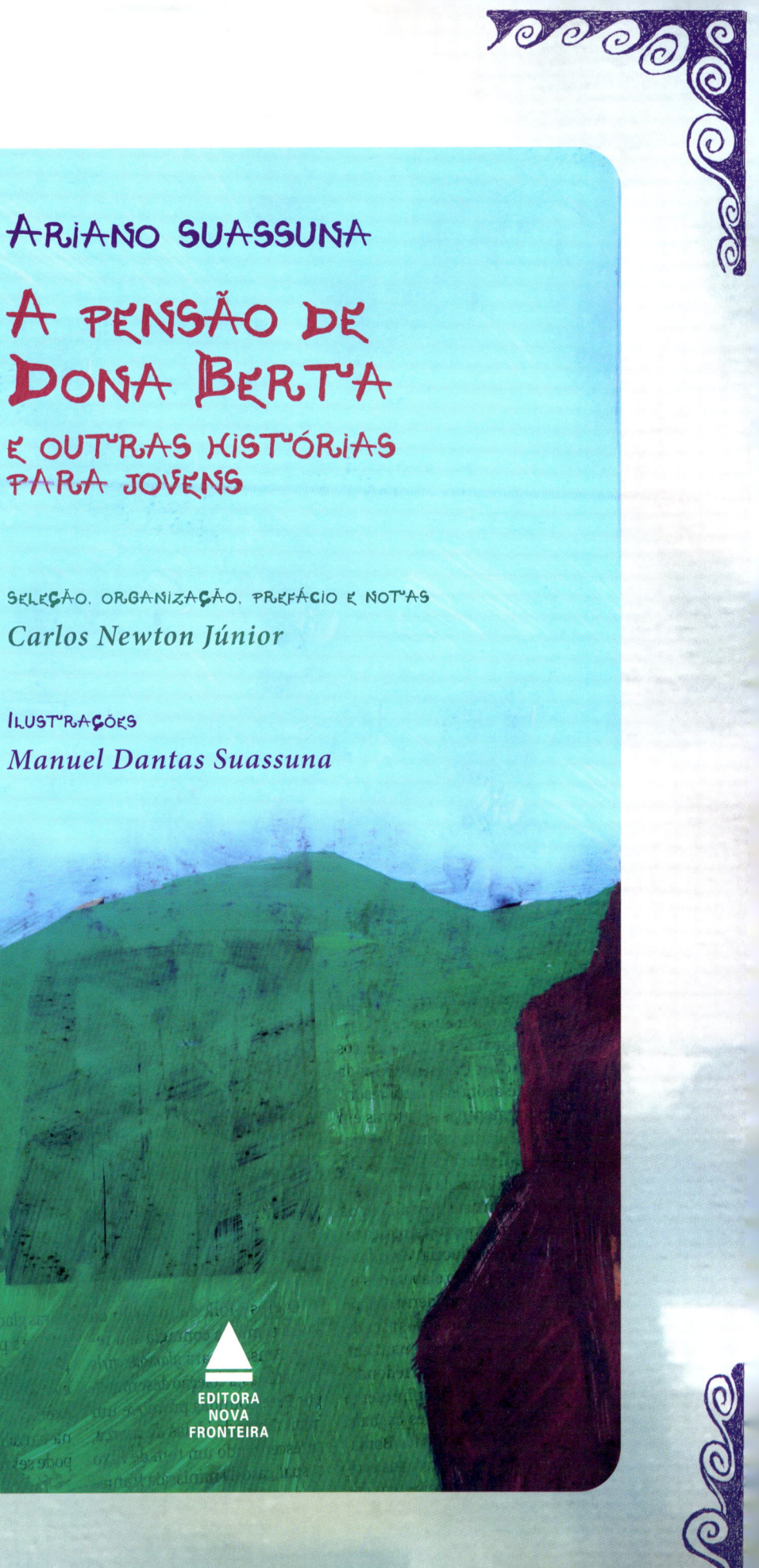

Ariano Suassuna

A pensão de Dona Berta
e outras histórias para jovens

Seleção, organização, prefácio e notas
Carlos Newton Júnior

Ilustrações
Manuel Dantas Suassuna

Editora
Nova
Fronteira

Sumário

Prefácio
Suassuna para jovens Carlos Newton Júnior 7

O soldado e o valente 13

O doido de Patos 17

Cantadores no palácio do governo 21

Dois tiros pela culatra 27

Biu Doido 29

O gaúcho de Campina Grande 30

A pensão de Dona Berta 33

Homero existiu? 57

O curandeiro sertanejo 65

A cidade e o Sertão 68

O comerciante de Taperoá 75

Três histórias de trem 79

Suassuna por ele mesmo 93

Os textos 108

O autor 109

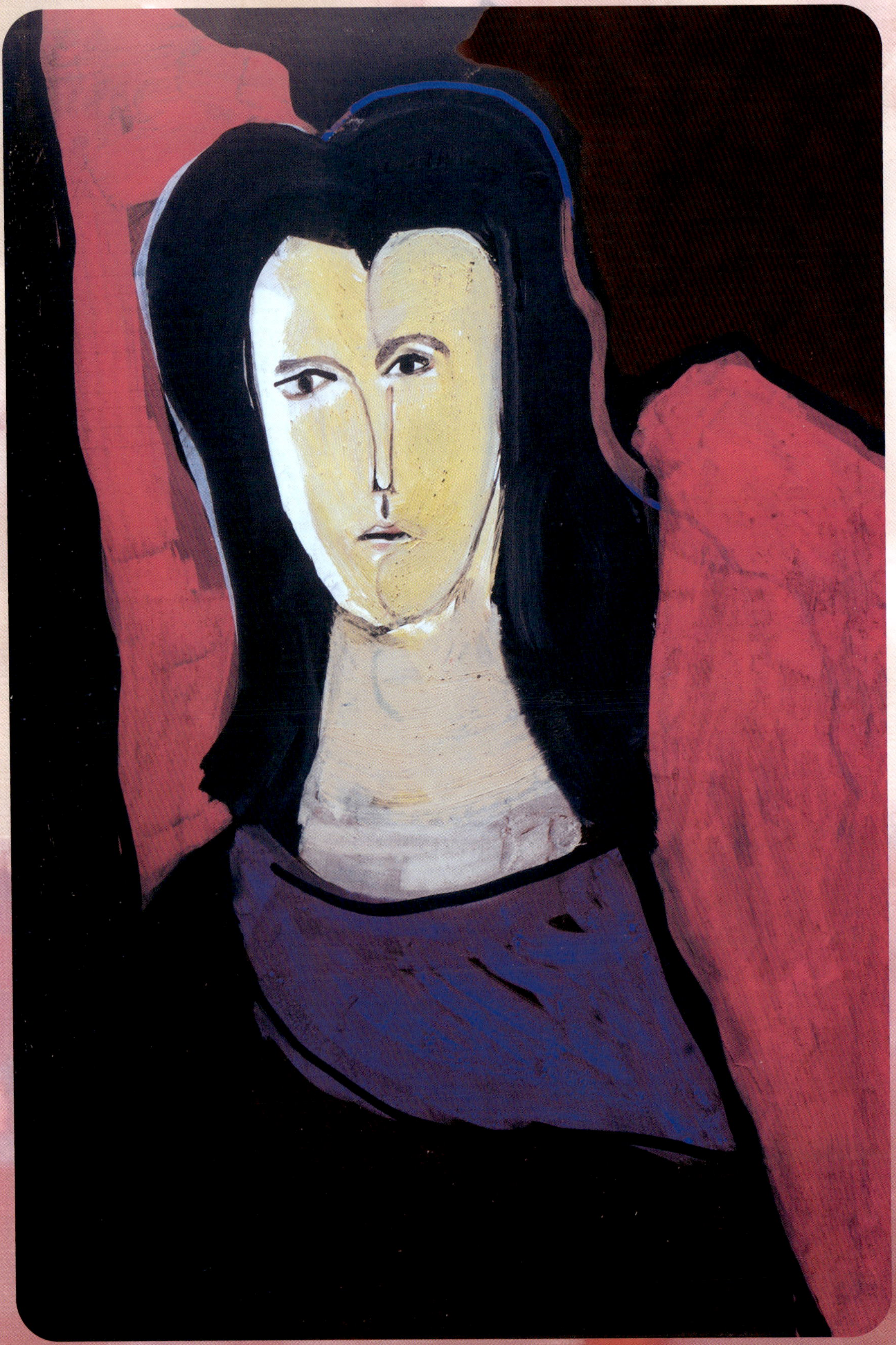

Suassuna para jovens

Carlos Newton Júnior *

* Poeta, ficcionista, ensaísta e professor universitário.

Ao longo da sua vida literária, Ariano Suassuna jamais escreveu textos visando especificamente o público infantojuvenil. Pelo contrário. A parte mais substancial da sua obra, sobretudo nos campos da poesia e da prosa de ficção, é indiscutivelmente direcionada a um leitor mais maduro, e livros como o *Romance d'A Pedra do Reino* e o *Romance de Dom Pantero no Palco dos Pecadores* estão quase a exigir este leitor "iniciado", bem mais experiente e melhor informado do que a maioria dos nossos jovens. No *Romance de Dom Pantero*, aliás, há mesmo a advertência de que o livro se dirige a "adultos de sólida formação religiosa, moral, poética e filosófica" — advertência que nos lembra a de outro grande escritor brasileiro, Octavio de Faria, numa "nota preliminar" incluída em todos os romances que compõem a série *Tragédia Burguesa*.

No caso da prosa de Suassuna, assim, *A História do Amor de Fernando e Isaura* apresenta-se quase como uma exceção à regra, e o mesmo se pode dizer, de certo modo, de *O Sedutor do Sertão* — dois romances que, não direcionados propriamente ao público jovem, podem muito bem lhe servir como portas de acesso ao universo ficcional do autor.

Algo inteiramente diverso ocorre no campo do teatro, principalmente no caso das comédias. As peças de Suassuna mais referendadas pela crítica, desde o *Auto da Compadecida* até a *Farsa da Boa Preguiça*, passando por textos como *O Santo e a Porca* e *A Pena e a Lei*, possuem, todas, uma incomum capacidade de agradar a todo tipo de público, a todas as idades, o que só ratifica a genialidade do escritor e dramaturgo na criação de textos potencialmente ricos em termos de conteúdo e de carpintaria teatral. São peças que associam uma beleza de superfície, digamos assim, naturalmente de fácil fruição (com a espontaneidade dos diálogos e as situações risíveis de interferência, repetição e inversão), a uma beleza mais profunda, geradora de um riso mais refinado e que chega mesmo a brincar com a dor, sobretudo quando adentram pelo campo da denúncia social de maneira não panfletária, mas sempre comprometidas com o povo do chamado "Brasil real", que Suassuna sempre opôs — partindo de uma distinção de Machado de Assis — ao "Brasil oficial".

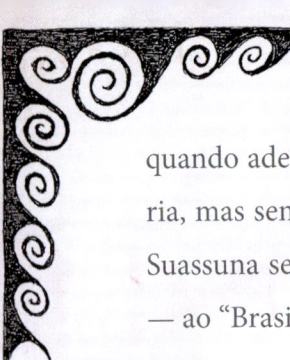

É preciso ressaltar, porém, que desde muito jovem Suassuna se revelou um exímio contador de histórias, informação sempre corroborada por familiares e amigos. Histórias que ele ouvia diretamente da boca do povo, no sertão da Paraíba, ora nas ruas e feiras de Taperoá, ora nos alpendres, pátios e currais das fazendas de sua família, narradas por trabalhadores, feirantes, cordelistas, vaqueiros etc. Histórias cuja autoria individual se perdeu no tempo e que acabaram caindo em domínio público — contadas aqui, aumentadas ali, adaptadas para novos contextos acolá.

Muitas dessas histórias, devidamente recriadas ou ressignificadas pelo autor, acabaram se incorporando, naturalmente, a seus romances e peças de teatro. Outras permaneceram no campo da oralidade, compondo um repertório praticamente inesgotável, dinâmico, enriquecido e renovado com o passar dos anos, e do qual Suassuna lançou mão em ocasiões as mais diversas, das aulas e palestras que ministrou ao longo da vida às célebres "aulas-espetáculo" que apresentou, já na velhice, em inúmeras cidades do país.

Em 1972, Suassuna foi convidado para assinar uma coluna no *Jornal da Semana*, um modesto semanário do Recife. Surgiu, assim, o "Almanaque Armorial do Nordeste", página literária semanal que ele escreveu entre dezembro de 1972 e junho de 1974. "Literária", talvez, não seja o termo mais apropriado: como um bom "almanaque" sertanejo, a coluna possuía uma feição bastante eclética, tratando de assuntos os mais variados, da literatura às artes plásticas, da cantoria de viola à criação de cabras, de assuntos históricos a problemas de ordem política, permitindo ao autor, "de acordo com as venetas e possibilidades do momento, conversar e pensar em voz alta, no maior descuido e liberdade possíveis" — como ele próprio confessou, no artigo de estreia. Por outro lado, uma vez que Suassuna havia lançado oficialmente, a 18 de outubro de 1970, o Movimento Armorial, e muitas dúvidas ainda surgissem sobre os objetivos e perspectivas a ele ligados, o autor terminou usando o espaço da sua coluna para sistematizar, aos poucos, os princípios poéticos e estéticos do movimento, ao mesmo tempo em que analisava as obras dos artistas armoriais que vinham sendo lançadas.[1]

A liberdade de escrita da coluna deu-lhe ensejo, assim, para incluir, ao longo de análises e comentários os mais diversos, várias das histórias engraçadas que costumava contar, a título de exemplo de um problema qualquer ou como ponto de partida para reflexões mais sérias.

À exceção de "Dois tiros pela culatra" e das "Três histórias de trem" (além do texto autobiográfico que encerra o presente volume), todas as histórias aqui reunidas foram originalmente publicadas nas páginas do *Jornal da Semana*. A história que abre o livro, "O soldado e o valente", foi reescrita e novamente publicada, quase três décadas depois, no jornal *Folha de S.Paulo*, quando Suassuna repetiu a experiência de assinar um almanaque.[2] Neste caso, portanto, transcrevemos o texto a partir da versão mais recente. Algo semelhante ocorreu com o texto "A pensão de Dona Berta", que é, na verdade, um longo e afetivo depoimento do autor sobre a fascinante personalidade do célebre indigenista e médico sanitarista Noel Nutels. Escrito logo após o falecimento de Noel, ocorrido a 10 de fevereiro de 1973, o texto veio a público em três partes, em edições consecutivas do *Jornal da Semana*.[3] No ano seguinte, porém, chegou a ser revisto pelo autor para integrar uma coletânea de depoimentos publicada em homenagem a Noel,[4] e foi justamente esta segunda versão a que inserimos em nossa recolha.

Já que mencionamos o nome de Noel Nutels, essa grande figura humana que não pode ser esquecida pelas gerações futuras, não queremos deixar passar, aqui, a oportunidade de indicar, para o jovem ou o adulto que nos lê, dois belos livros escritos a partir da sua vida e da sua obra: o ensaio

---

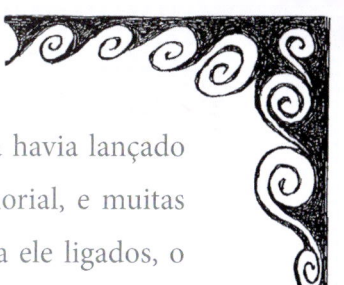

[1] Idealizado por Ariano Suassuna, o Movimento Armorial procurou, em síntese, criar uma arte erudita brasileira a partir das raízes populares da nossa cultura. "Armorial" vem de arma, não no sentido de armamento, mas de brasão. Suassuna justificava o nome afirmando que, no Brasil, a heráldica é uma arte essencialmente popular, presente desde os estandartes dos blocos de maracatu e das escolas de samba aos escudos dos times de futebol.

[2] De 10 de julho de 2000 a 26 de março de 2001, o autor publicou uma coluna semanal na *Folha de S.Paulo*, intitulada "Almanaque Armorial".

[3] 18 a 24 de março; 25 a 31 de março; 31 de março a 7 de abril de 1973.

[4] NUTELS, Noel et al. *Noel Nutels: Memórias e Depoimentos*. Rio de Janeiro: José Olympio, 1974.

biográfico *O Índio Cor-de-Rosa*, de Orígenes Lessa, e o romance *A Majestade do Xingu*, de Moacyr Scliar — dois escritores que foram, aliás, admiradores declarados de Ariano Suassuna.

Nossa intenção, ao recolher essas histórias, outra não foi senão a de tentar abrir, para o jovem leitor brasileiro, uma nova porta de acesso ao universo mítico e poético do grande autor do *Auto da Compadecida*.

Ficamos por aqui, na esperança de que o nosso esforço não tenha sido em vão.

Recife, 21 de julho de 2020.

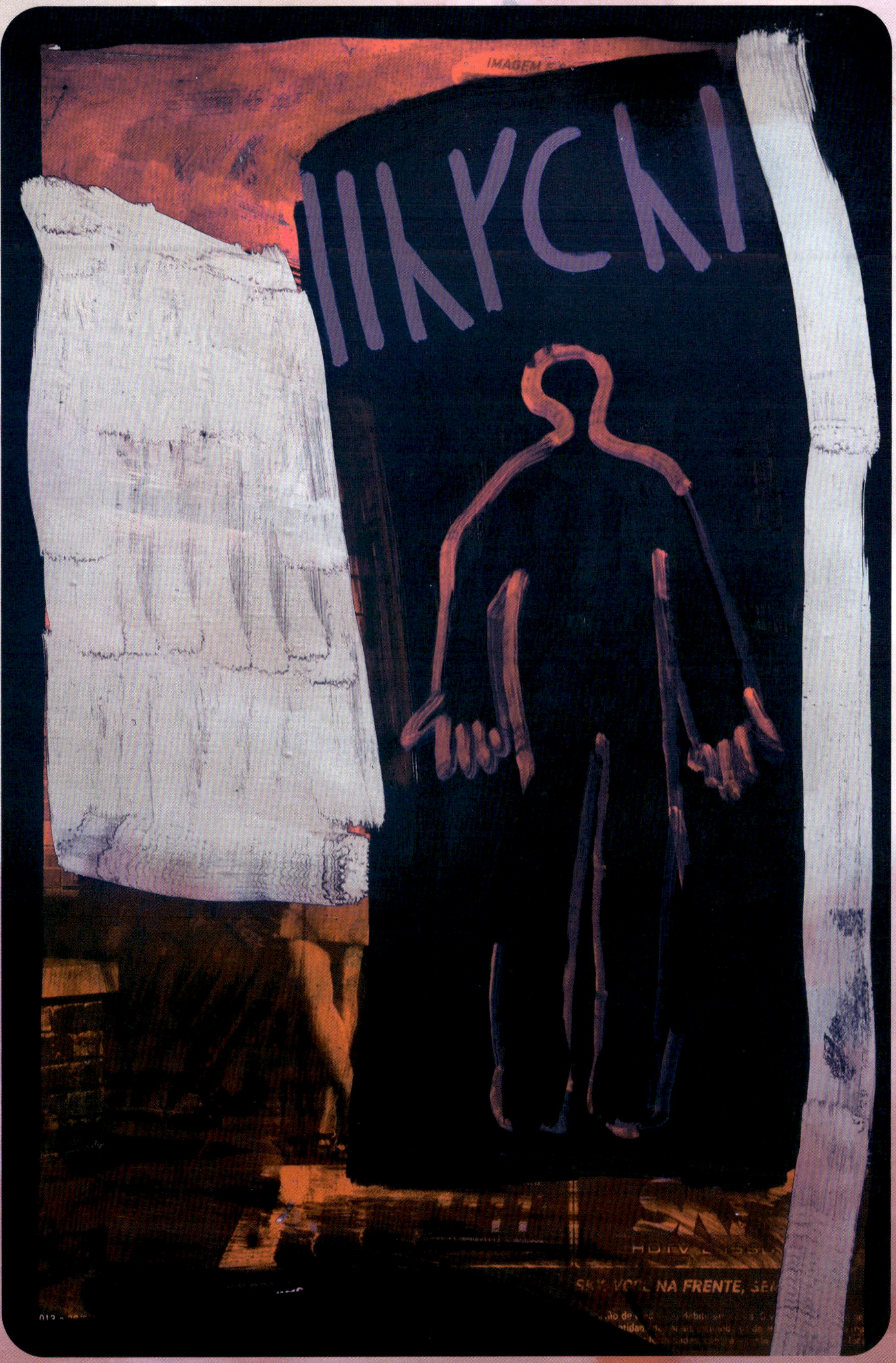
IMAGEM
NA FRENTE,

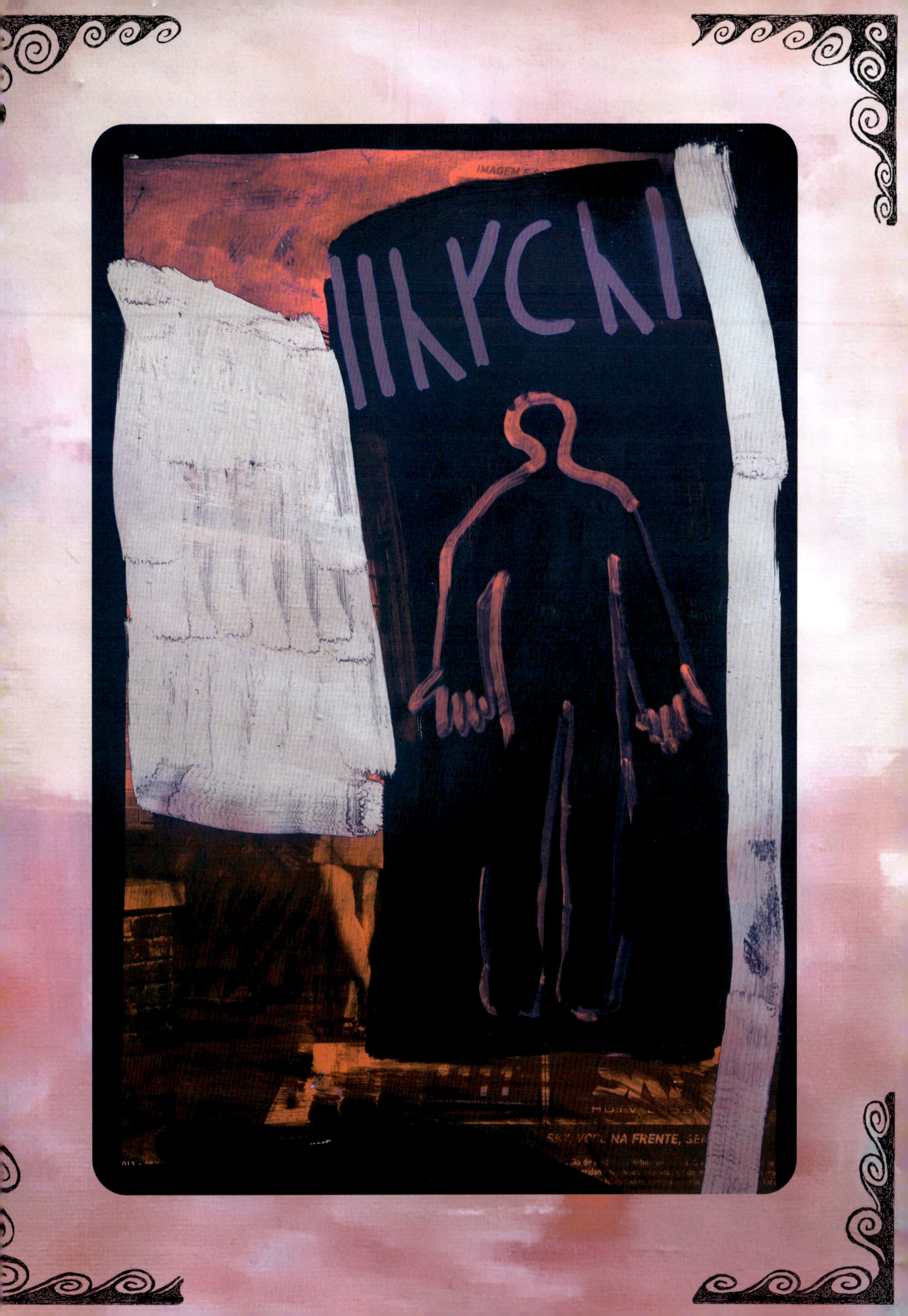

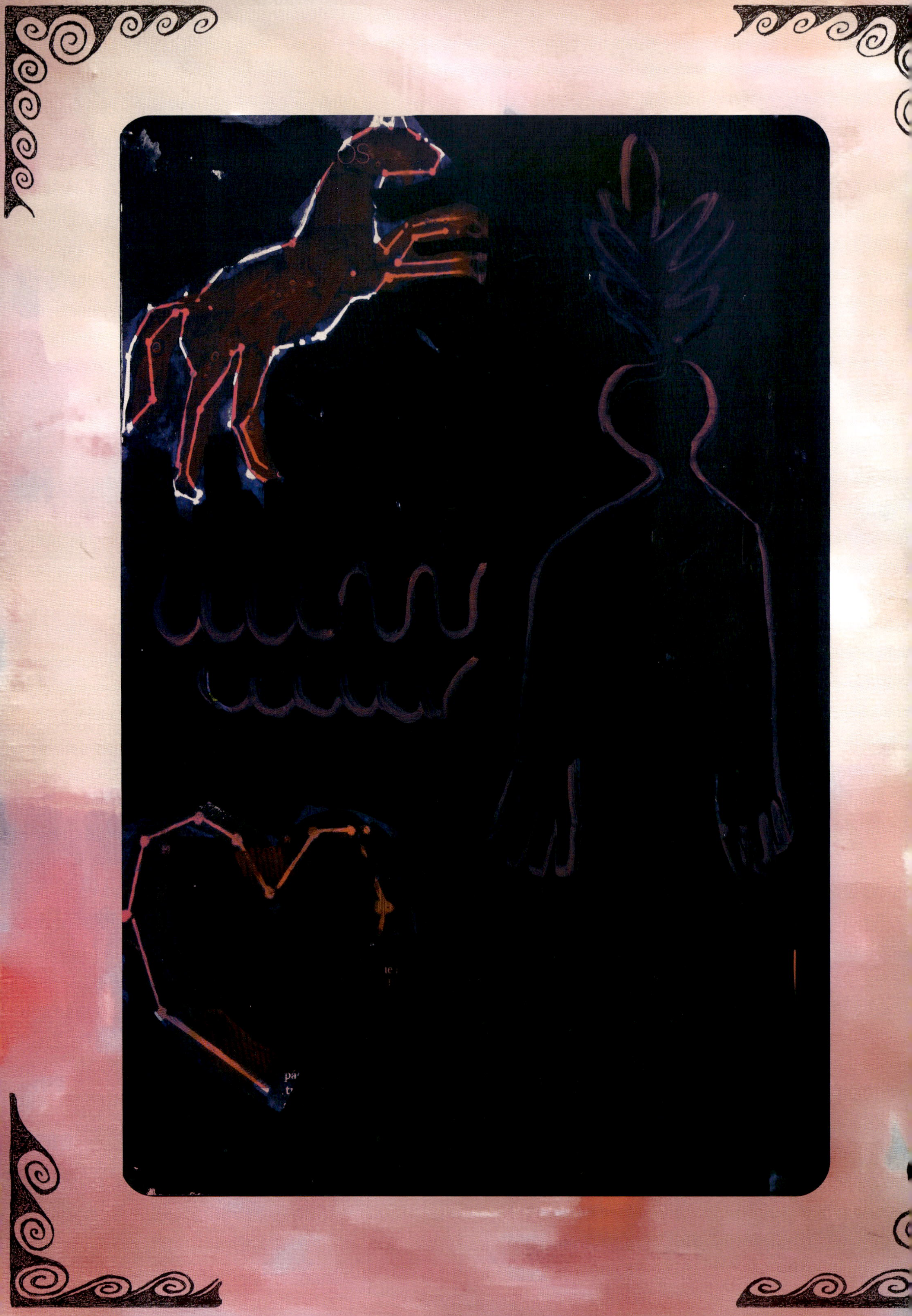

O SOLDADO E O VALENTE

De vez em quando, pela boca dos outros, aparecem, na imprensa ou na televisão, algumas das histórias que vivo contando, a maior parte das quais sucedida com pessoas de minha família ou narrada por elas.

É muito difícil um Suassuna ou um Dantas Vilar[5] não ser bom contador de histórias. E muitas das que aparecem em meu trabalho de escritor foram ouvidas por mim desde menino. No *Romance d'A Pedra do Reino*, por exemplo, a história que Quaderna[6] conta sobre Marcolino Arapuá e a Burra aconteceu na cidade paraibana de Ingá do Bacamarte, quando meu irmão Lucas era juiz da comarca. E foi realmente contada por um acusado diante de Lucas e de uma moça, escrivã do cartório, que ficou tão perturbada com o que ouvia quanto, no meu romance, Margarida diante do corregedor.

Entretanto as pessoas que, por qualquer motivo, se interessam por nossas histórias às vezes costumam passá-las adiante com grandes imprecisões, o que não teria grande importância se, no modo de contá-las, não fizessem desaparecer, quase sempre, o possível interesse que teria cada uma delas.

Foi o caso de uma história acontecida com o capitão Irineu Rangel, da polícia paraibana, e que um jornalista, certa vez, começou contando assim: "João Suassuna, pai do escritor Ariano Suassuna, era governador da Paraíba. Resolveu combater o cangaço, que matava, solto, do Estado inteiro. Mandou telegrama ao sargento Irineu Rangel, delegado de Sousa: *Prenda José Cazuza. Saudações. João Suassuna.*"

Ora, segundo o jornalista, José Cazuza era "pistoleiro famoso, com centenas de mortes". Mas, daí em diante, os acontecimentos e os diálogos relacionados com o fato foram por ele narrados de uma maneira diferente daquela que sempre ouvi dos integrantes de minha família. Assim, resolvi contar aqui a nossa versão, que, se não é a verdadeira, pelo menos, em minha opinião, é mais interessante do que a dele.

---

[5] Família do autor pelo lado materno. Seu nome completo era Ariano Vilar Suassuna. Originalmente, antes da modernização dos nomes próprios, grafava-se Villar, com duas letras *l*. Nos textos reunidos no presente volume, o leitor encontrará as duas grafias.

[6] Pedro Dinis Quaderna, narrador do *Romance d'A Pedra do Reino e o Príncipe do Sangue do Vai-e-Volta* (16ª ed. Rio de Janeiro: Nova Fronteira, 2017). A passagem encontra-se no Folheto L — O Inquérito, pp. 353-73.

O capitão Irineu Rangel era de Taperoá, minha terra. Era um homem bravo, de fala grave e descansada. Outra coisa: era um homem de bem, afirmação que estou a cavaleiro para fazer porque ele pertencia a uma família que foi, sempre, adversária dos Dantas Vilar. Mas era amigo pessoal de meu Pai e passou por todas as lutas da Paraíba, em 1930, brigando contra nós e contra José Pereira, sem que nenhum ato seu criasse a menor queixa de nossa parte. Isso sem tergiversar, por um instante que fosse, naquilo que, na época, julgava ser o cumprimento de seu dever de soldado.

Assim, ao receber o telegrama do presidente Suassuna, o naquele tempo sargento Irineu Rangel foi procurar o cabo, seu auxiliar imediato. Mostrou-lhe o despacho e ordenou-lhe que fosse prender o homem. O cabo empalideceu. Disse:

— Eu não tenho coragem pra isso! Esse sujeito é um assassino perigoso, e, se eu for lá, prendê-lo, ele me matará na hora!

O sargento Irineu, com sua voz descansada de sempre, respondeu:

— Se é assim, eu vou! Você tem coragem de, pelo menos, me mostrar o homem?
— Tenho!
— Então, vamos!

Dirigiram-se os dois para o mercado, onde havia vários cafés, com mesas entalhadas a canivete e duros bancos de madeira. Ali, o cabo apontou um sujeito entroncado, de bigode grosso na cara morena, e que estava sentado num dos bancos. Apontou-o e saiu de manso por uma porta do mercado, deixando o sargento só.

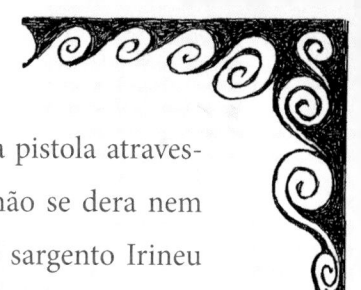

Cazuza estava de calça e camisa, com uma faca e uma pistola atravessadas no cinturão. Seguro de sua fama de valente, não se dera nem ao trabalho de encobrir as armas com a camisa. Então, o sargento Irineu aproximou-se dele e, por trás, de um só golpe, puxou-lhe da cintura a faca e a pistola.

Sentindo-se desarmado, José Cazuza deu um salto de gato e caiu em pé diante do outro. Com sua voz pausada, o sargento indagou:

— O senhor é José Cazuza? Se é, está preso!
— Preso? Por um homem só? Estou acostumado a botar pra correr quatro, cinco soldados, nunca que vou ser preso por um sargento só! Parta pra cima de mim, porque eu só vou na marra!

Ao ouvir o desafio, o sargento Irineu mudou de jeito. Calmo, mas com cara de pedra, falou para José Cazuza:

— Quer dizer que o senhor vai resistir à prisão... Pois, se é assim, tome suas armas de volta, porque eu não brigo com homem desarmado!

E calmamente entregou a José Cazuza seu instrumental de guerra.

Ao que parece, o gesto desmantelou, por dentro, os complicados esquemas da psicologia do pistoleiro. Ele ficou de tal modo atrapalhado, que resolveu contra-atacar com gesto semelhante. Disse para o sargento:

— Não, senhor, fique com as armas! Eu me entrego à prisão! Brigar com um homem que faz essas coisas, eu também não brigo!

E, devolvendo a faca e a pistola a Irineu Rangel, seguiu com ele, pelo meio da rua, para a cadeia.

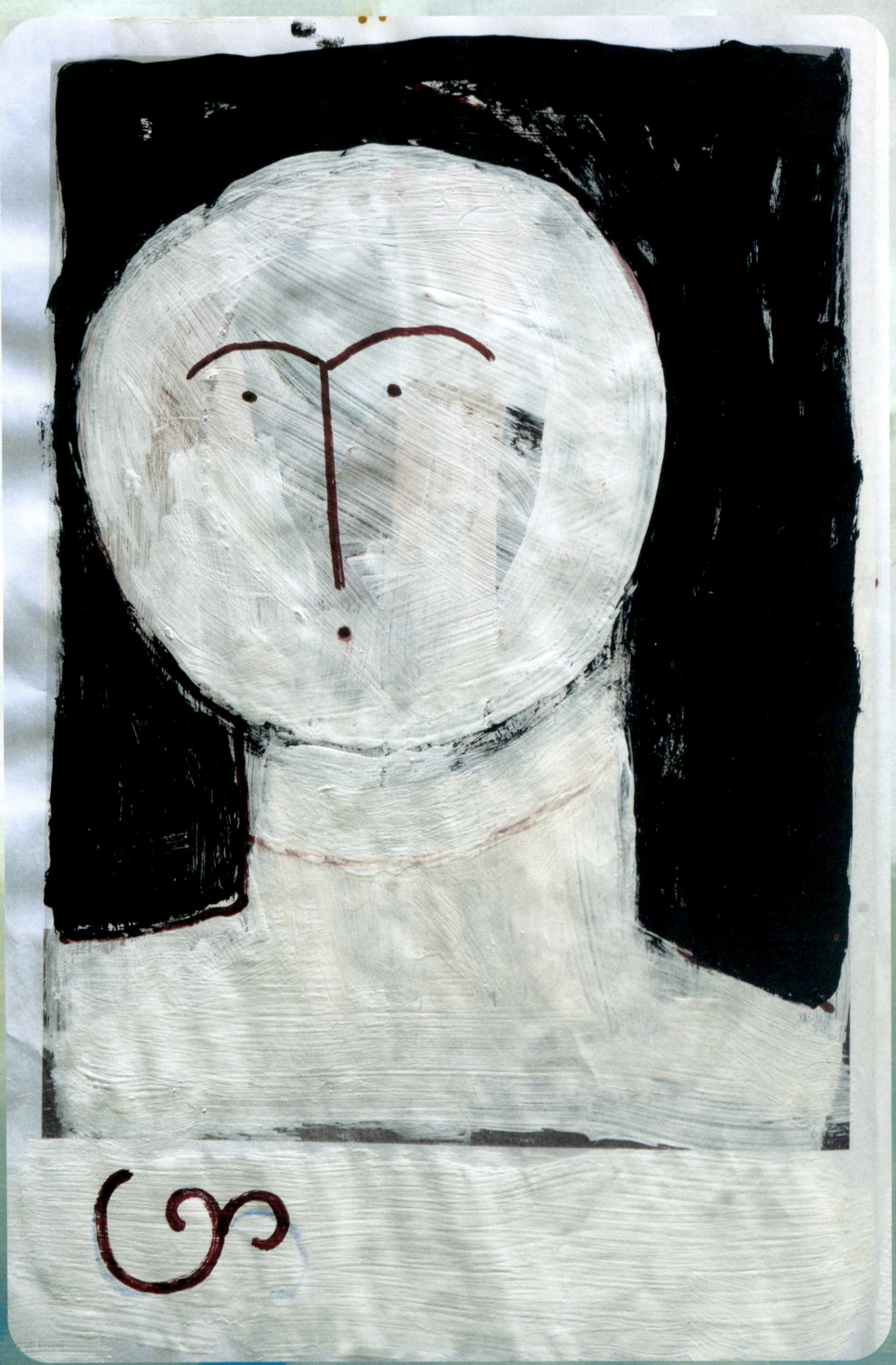

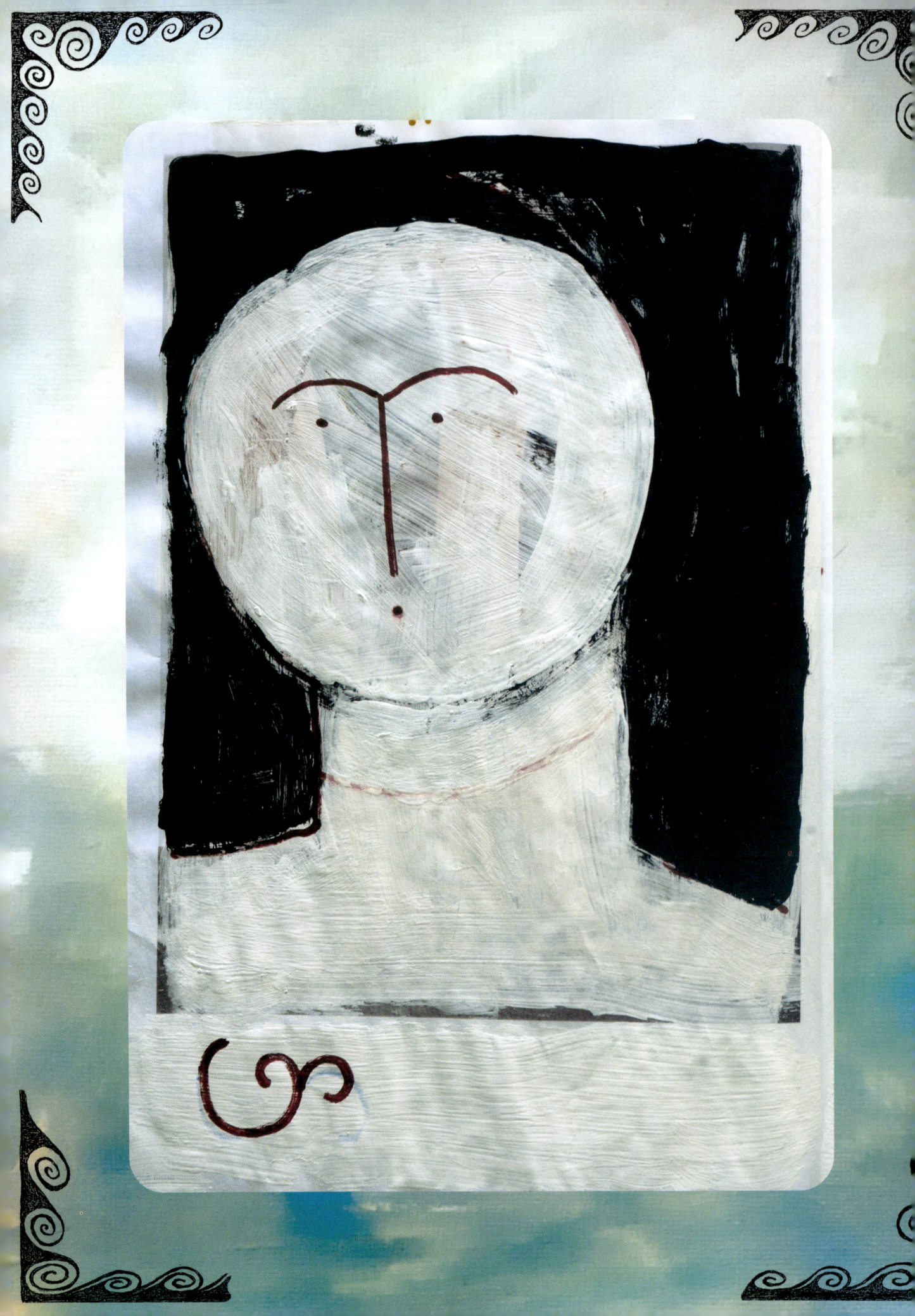

O DOIDO DE PATOS

Outra história que já contei várias vezes em conferências ou concertos e que, agora, anda deturpada por aí, é uma história de doido. Como já tenho dito várias vezes, tenho um interesse enorme por dois tipos de gente, os doidos e os mentirosos. O motivo é que tanto os doidos quanto os mentirosos têm muita coisa em comum com os escritores. Os mentirosos porque, como nós, não se conformam com as estreitezas, rotinas e mesquinharias da vida cotidiana, inventando, por isso, um universo próprio, onde tudo é possível. Os doidos, porque têm, sobre as coisas, sobre as pessoas, sobre a vida e sobre o mundo, um ponto de vista quase sempre original e diferente, um ponto de vista que, por ser de alguém *alheado* do juízo comum, é sempre interessante e fascinante.

Esse ponto de vista meu é, aliás, compartilhado por meu tio, Joaquim Duarte Dantas. Sempre que ele chega a uma cidade qualquer, do Sertão, informa-se a respeito do "doido oficial" do lugar e vai procurá-lo. Foi com esse meu tio, portanto, que aconteceu uma história que, outro dia, eu vi contada num jornal da Paraíba, atribuída a outra pessoa e em termos bem menos interessantes. O caso é que comecei a contar, aqui em Pernambuco, na Paraíba, em Alagoas, no Rio Grande do Norte, no Ceará, em São Paulo, no Rio e no Rio Grande do Sul, essa história dele; ela começou a correr mundo e agora já está sendo transmitida como uma dessas histórias sem dono do Nordeste. O fato, em si, não teria importância, se, como disse a princípio, contassem bem a história, o que, infelizmente, não está acontecendo.

Ocorre que, chegando meu tio Quincas em Patos, Sertão da Espinhara, foi procurar o doido local, que estava deitado debaixo de um pé de figo-benjamim, pensando na vida e espiando a maçaranduba do tempo — ocupação, aliás, das mais dignas e proveitosas. Meu tio aproximou-se, travou conversa com ele e indagou:

— Então, como vai a vida?

O doido, para surpresa de meu tio, conhecia seu interlocutor e respondeu tratando-o por seu nome:

— Ah, Seu Quincas, não vai bem não! Isso aqui é uma terra desgraçada! Olhe, eu vou dizer uma coisa ao senhor: o cabra, pra ser doido aqui em Patos, é preciso ter cabeça, senão se lasca!

O jornal da Paraíba atribui a frase a um tal de Mocidade e substitui, talvez por patriotismo, Patos pela Paraíba inteira. Posso, no entanto, assegurar, baseado nas chamadas "fontes fidedignas", que a frase foi assim como acabo de contar. Os meus conterrâneos paraibanos que me desculpem: mas, se quisermos, de fato, estender a frase, não devemos ficar na Paraíba, só. Devemos estendê-la é ao mundo todo. Porque, para falar com franqueza, acho que do jeito que vai esse mundo velho de meu Deus, o cabra, mesmo com a divina lucidez e as estranhas astúcias da loucura, pra viver nele precisa ter cabeça, senão se lasca.

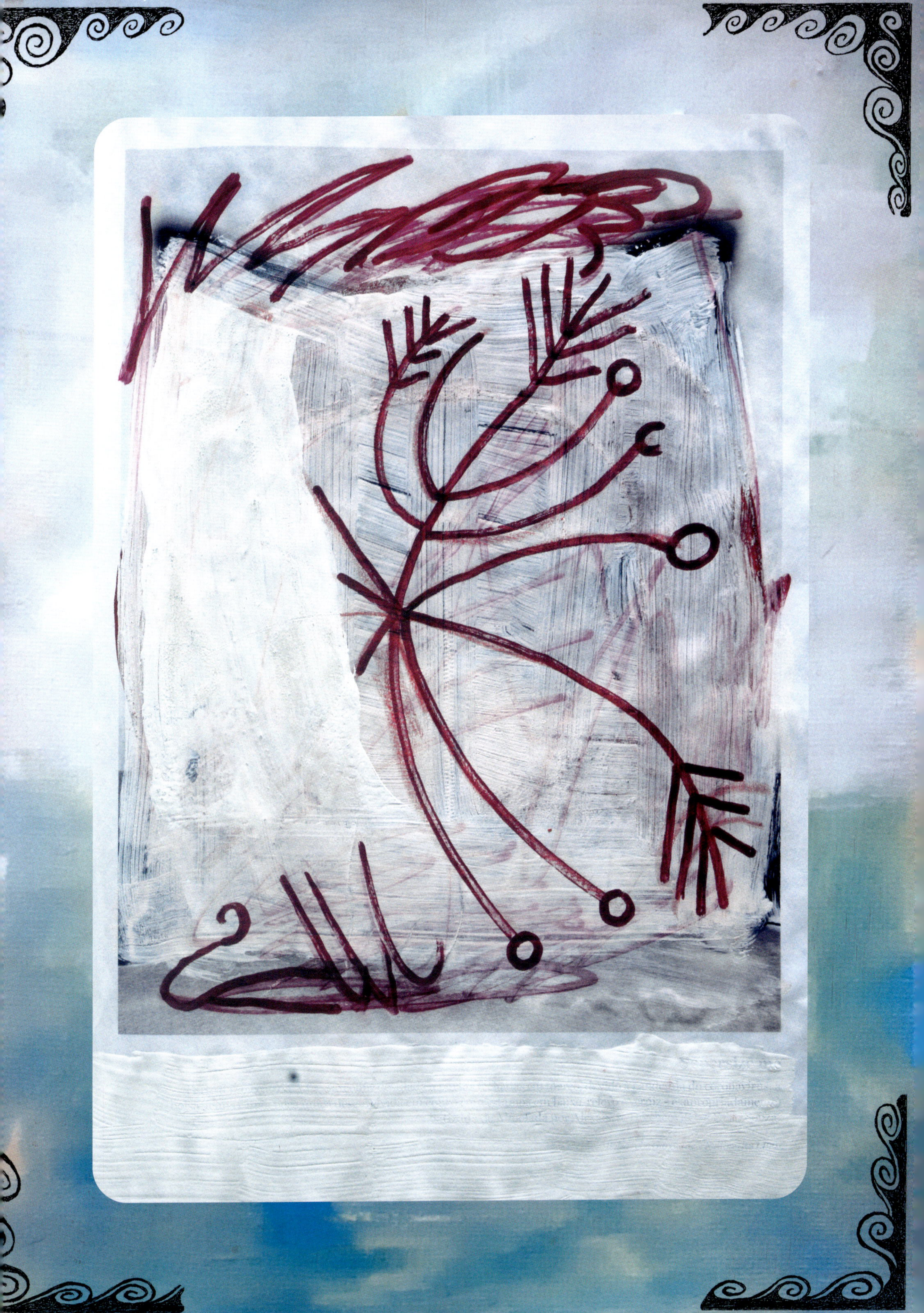

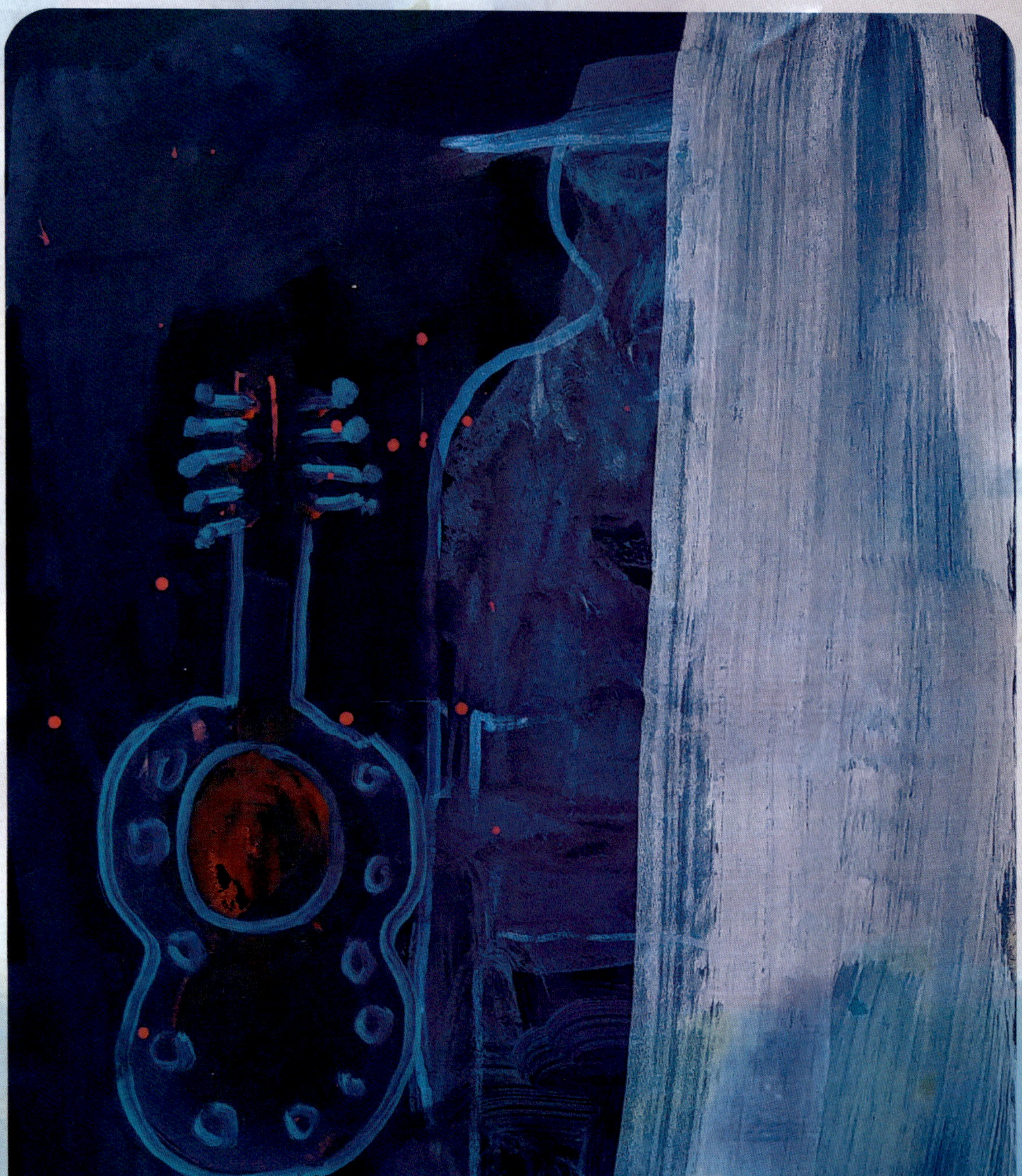

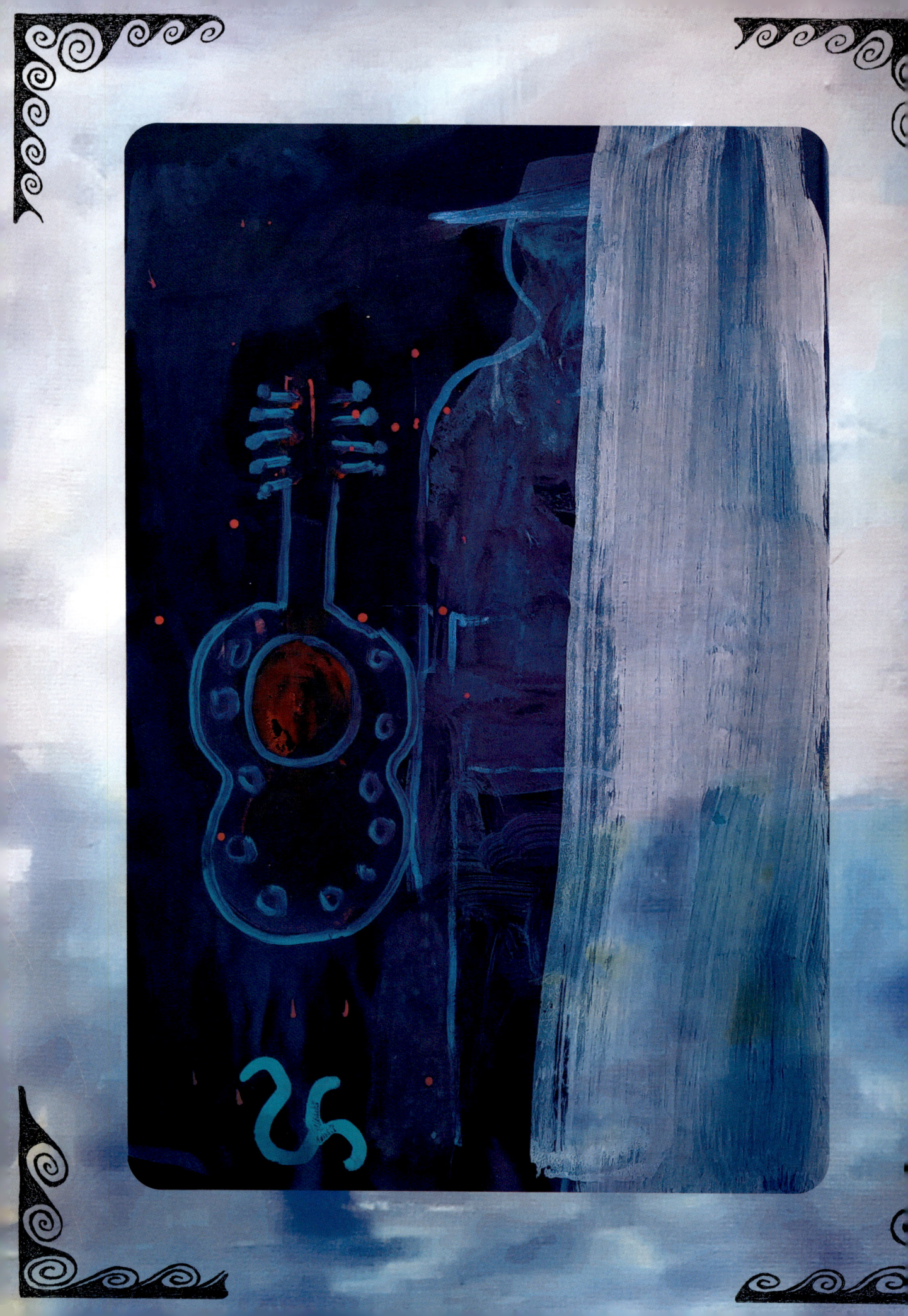

Cantadores no Palácio do Governo

Quando meu Pai, João Suassuna, governou a Paraíba, de 1924 a 1928, escandalizou uma porção de gente porque costumava levar, para o palácio, Cantadores, músicos populares etc. Um deles era, além de Cantador, escultor em madeira, o famoso Antônio Imaginário. *Imaginário*, como todos sabem no Nordeste, é aquele que esculpe, em madeira, imagens de santos para as igrejas, capelas e santuários.

O fato causava, como é de se pensar, uma certa estranheza. Lembro-me bem de que, em 1946, quando realizei, no Santa Isabel, uma cantoria coletiva, que foi o embrião dos futuros Festivais de Violeiros e que foi o início da fama nacional dos irmãos Batistas — Lourival, Dimas e Otacílio —, tive que lutar contra aqueles que se escandalizavam com o fato de eu querer levar "Cantadores populares para o Santa Isabel". Lembro-me bem de que o diretor do teatro naquele ano, Waldemar de Oliveira, me dizia, desolado: "Cantadores e violeiros no mesmo ambiente em que falaram ou recitaram versos Joaquim Nabuco, Castro Alves e Tobias Barreto!"

Castro Alves e os Cantadores

Lembro-me de ter objetado a Waldemar de Oliveira que Castro Alves e Tobias Barreto talvez até gostassem disso. O diretor do teatro, porém, não se deixou convencer. Forçado pelas circunstâncias, conforme ele mesmo me disse, iria concordar com o requerimento, feito pelo Diretório da Faculdade de Direito, do qual eu fazia parte em 1946. Mas, segundo disse, "para ressalvar sua responsabilidade", iria fazer constar do despacho, como fez, que concordava somente tendo em vista "o fim filantrópico" para o qual iria reverter a renda do espetáculo.

A cantoria do palácio

Pois bem: se o ambiente era esse em 1946, avaliem como não era em 1924! É verdade que havia alguma diferença: em 1946, o Suassuna que iria realizar a cantoria no Santa Isabel era apenas primeiro-anista de Direito, e o outro, que levava Cantadores para o palácio do governo, era presidente da Paraíba, como se dizia naquele tempo. Ora, tem sempre uma porção de gente pronta a achar que tudo o que o governador faz é interessante. De modo que, apesar das estranhezas, havia uma porção da chamada "gente da melhor sociedade" pronta a ouvir, certa noite, no palácio, os Cantadores José Batista e José Clementino, trazidos pelo presidente Suassuna do Alto Sertão paraibano, terra sua, a fim de exibirem, na capital, seus dotes de improvisadores.

Suassuna e Carlos Dias Fernandes

Um dos presentes era o escritor Carlos Dias Fernandes, hoje mais ou menos esquecido, mas que, naquele tempo, era um personagem mais ou menos legendário no Nordeste. Imitava um pouco, nos modos e no estilo, ao italiano Gabriel D'Annunzio, mas fazia-o mal, falando difícil, numa linguagem que procurava ser refinada mas que era, apenas, retorcida, retórica e de mau gosto. Dentro de toda essa desgraça, teve alguns méritos, porém. Por exemplo: é ele o autor do primeiro romance regionalista do Nordeste, no século XX, *Cangaceiros*, publicado em 1914 e bastante anterior, portanto, aos de José Américo de Almeida e José Lins do Rego.[7]

Suassuna pronunciou breves palavras apresentando os Cantadores. Disse, entre outras coisas, que os Cantadores nordestinos eram os equivalentes brasileiros dos "trovadores" e "troveiros" provençais, assim como dos "aedos" gregos, anteriores a Homero; no que, aliás, apenas repetia uma tese posta em voga por Gustavo Barroso. E passou a palavra a Carlos Dias Fernandes, que iria fazer, realmente, a apresentação dos dois aedos.

[7] Afirmação de enorme importância, uma vez que historiadores e críticos literários, de um modo geral, insistem no fato de que o regionalismo nordestino teria se iniciado com o romance *A Bagaceira*, de José Américo de Almeida, publicado em 1928.

Carlos Dias Fernandes e os Cantadores

Carlos Dias Fernandes imediatamente fez uma pequena conferência. Iniciava chamando os Cantadores de "trovadores de chapéu de couro", o que, segundo dizia, era uma simples glosa "da frase feliz do presidente João Suassuna". Confirmava e aceitava tudo o que o presidente dizia, porque "o espírito épico da nossa Raça andava certamente esparso por aí, nos cantos rudes desses aedos sertanejos". Falou, assim, uma porção de tempo, para criar no espírito "das senhoras e senhores presentes" uma boa expectativa para a cantoria. E concluiu: "Vamos, portanto, ouvir, com o respeito que eles merecem, os nossos dois aedos, os nossos dois trovadores."

A sextilha de José Clementino

Antes de mais nada, os dois "aedos" chatearam um bocado o "distinto auditório", porque passaram cerca de quarenta minutos afinando as violas. Mas como o presidente Suassuna afirmasse que, para ele, "só o som da afinação já pagava a cantoria", todos concordaram. Finalmente, o Cantador José Clementino soltou a primeira sextilha, que foi a seguinte:

> *Zé Batista, onde eu moro*
> *só existe tatu-china,*
> *vaca braba corredeira*
> *e touro da ponta fina.*
> *Lá, relampeia e troveja,*
> *porém só chega neblina!*

O repente de José Batista

Era, como se vê, uma sextilha típica do estilo épico dos Cantadores, uma dessas estrofes através das quais, em tom grandiloquente, os Violeiros costumam cantar seus altos feitos poéticos ou os altos feitos de coragem dos Cangaceiros e dos animais míticos do Sertão. Estava, pois, mais ou menos corroborada a tese de Gustavo Barroso, esposada por Suassuna e floreada por Carlos Dias Fernandes. José Batista, notando isso, viu que tinha de quebrar, logo de início, a boa impressão causada pelo rival. De modo que, como havia certa estranheza no "lugar mítico" dado por José Clementino como sendo o de sua moradia, comentou, irônico:

> *Amigo Zé Clementino,*
> *perdoe a minha expressão:*
> *quem vive num lugar desse,*
> *vive com má intenção!*
> *É soldado desertor*
> *ou criminoso e ladrão!*

A resposta de José Clementino

Suassuna achou graça na história e o distinto auditório, vendo, pela cara do presidente, que era hora de achar graça, também achou. Aí, José Clementino, "trovador de chapéu de couro e aedo sertanejo semelhante aos aedos gregos anteriores a Homero", resolveu esquentar o desafio, e largou a seguinte sextilha:

> *Tu quer que eu faça contigo*
> *o que eu fiz com Malaquia!*
> *Torei-lhe as duas orelhas,*
> *pendurei numa forquia:*
> *fiz ele se mijar todo,*
> *sem acertar com a barguia!*

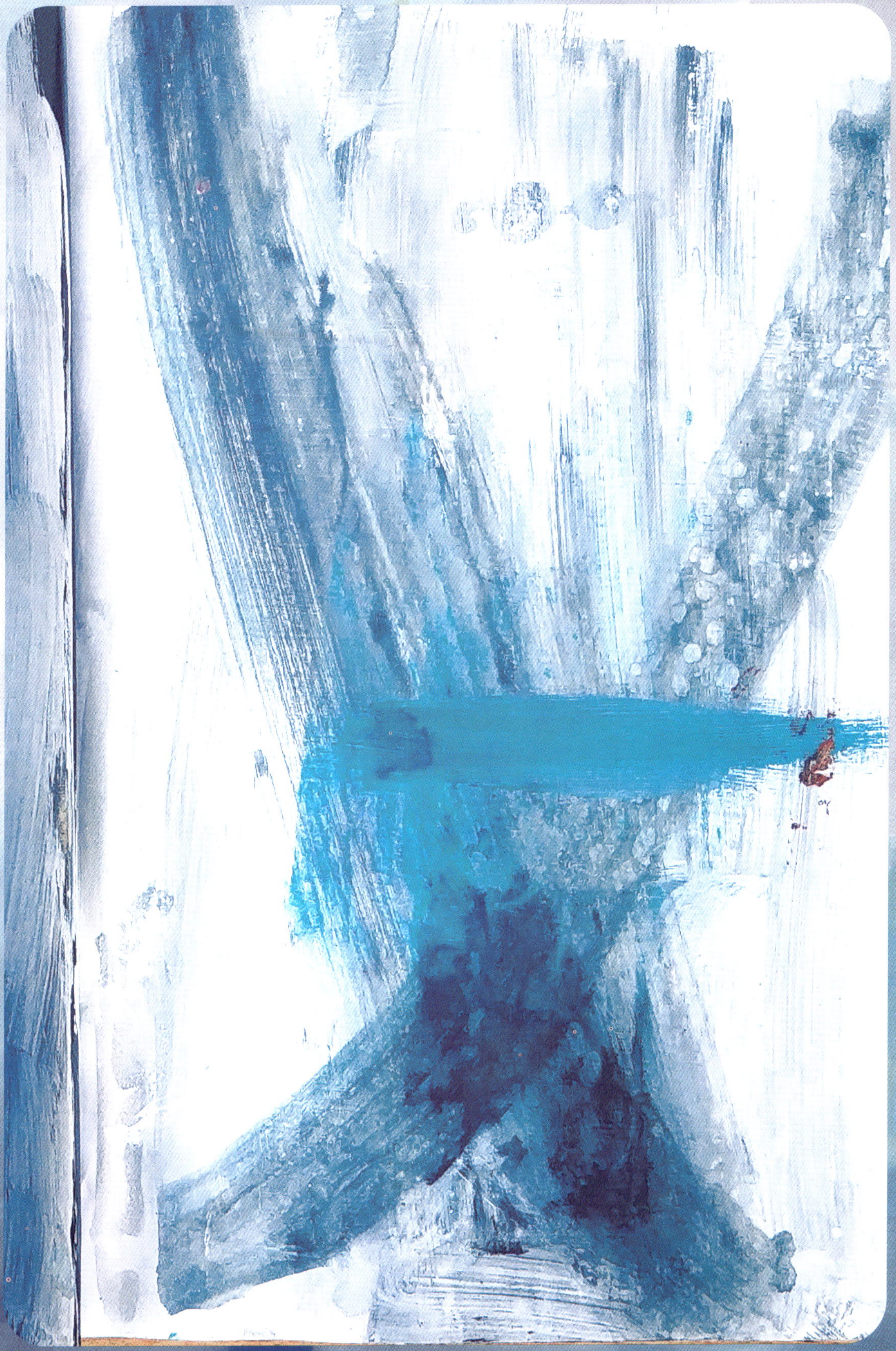

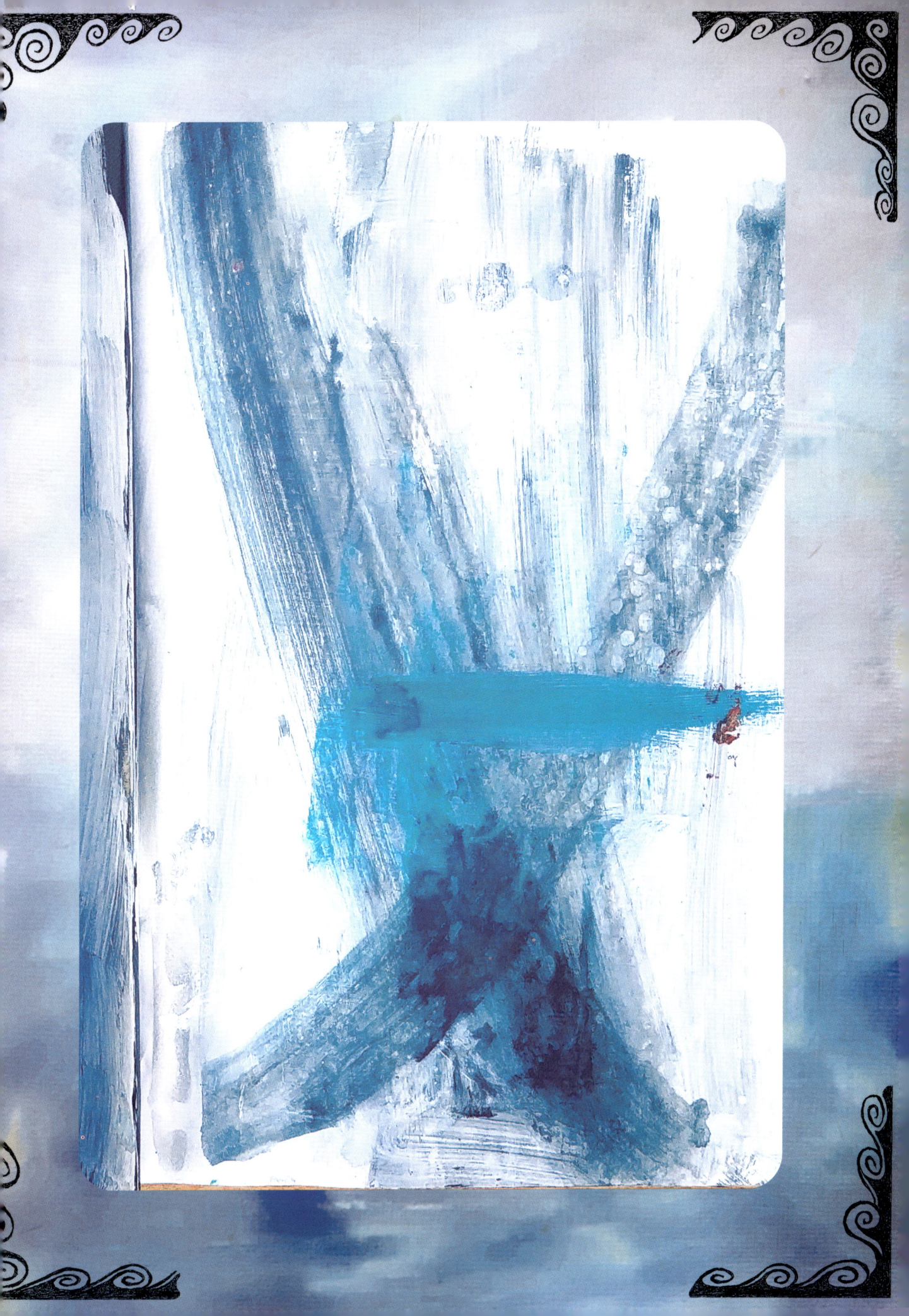

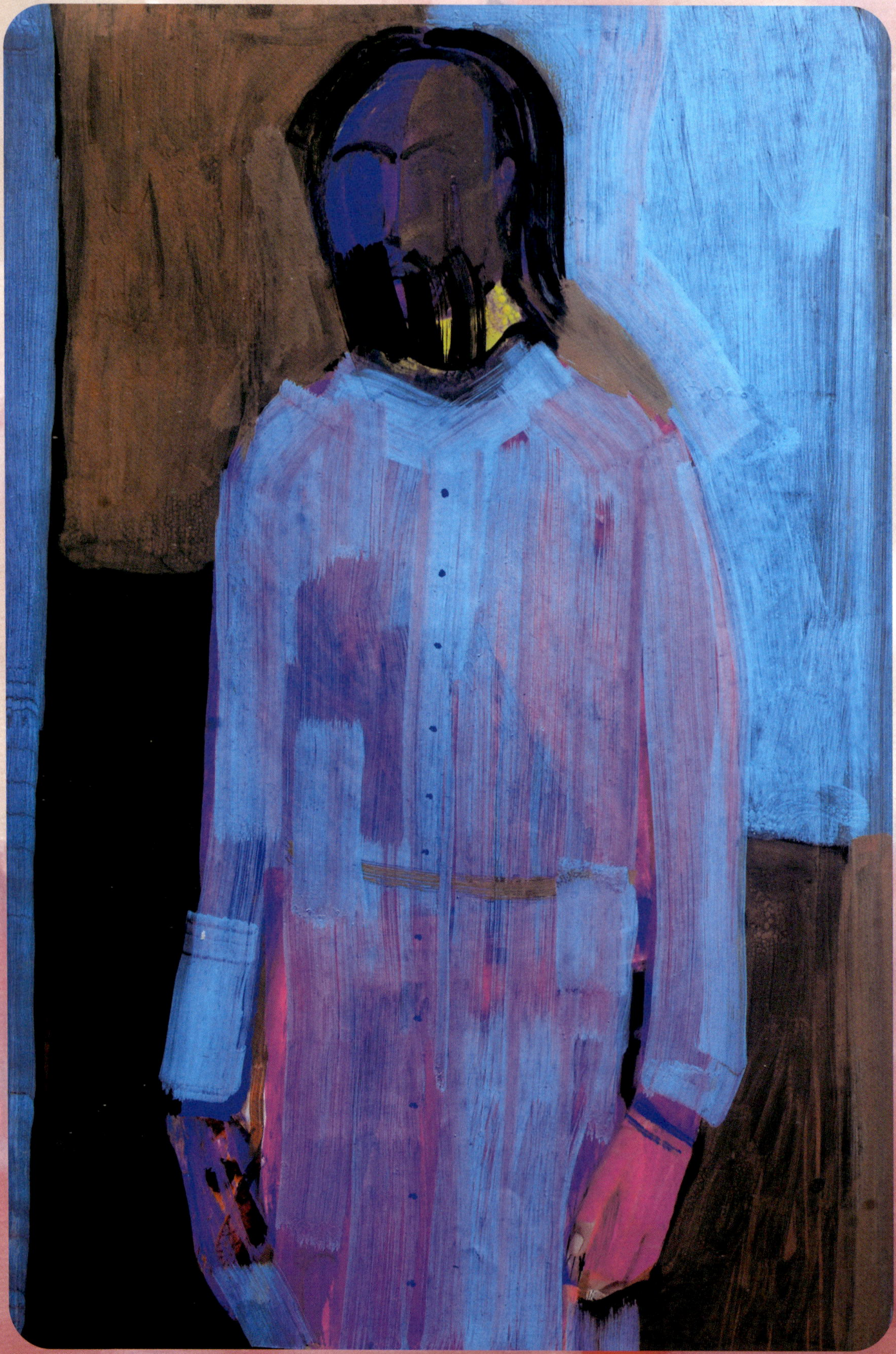

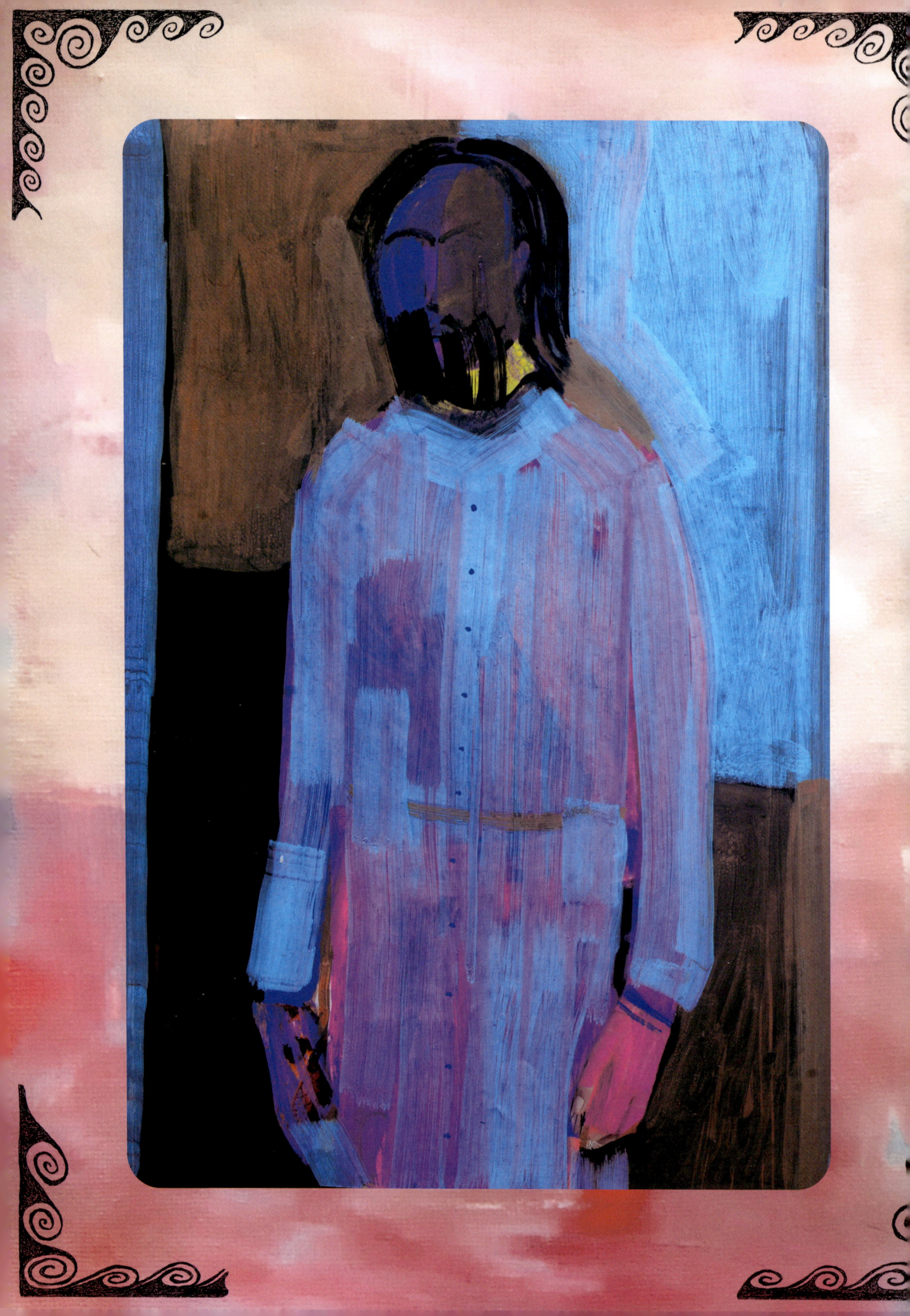

DOIS TIROS PELA CULATRA

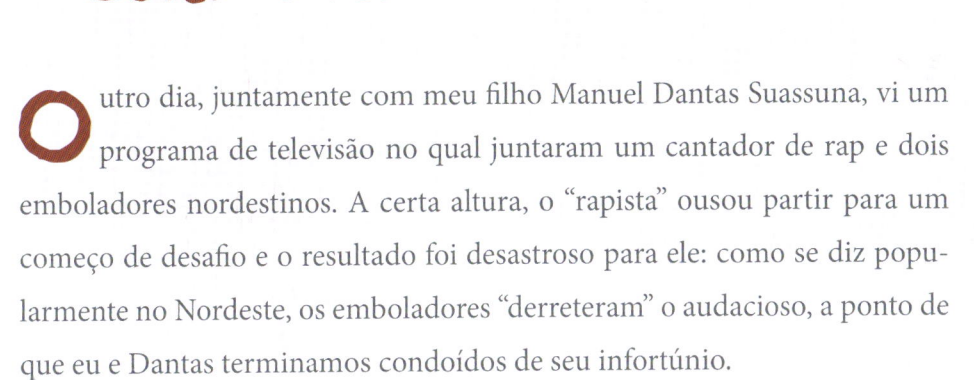

Outro dia, juntamente com meu filho Manuel Dantas Suassuna, vi um programa de televisão no qual juntaram um cantador de rap e dois emboladores nordestinos. A certa altura, o "rapista" ousou partir para um começo de desafio e o resultado foi desastroso para ele: como se diz popularmente no Nordeste, os emboladores "derreteram" o audacioso, a ponto de que eu e Dantas terminamos condoídos de seu infortúnio.

Lembrei-me, aí, de que, noutra ocasião, eu estava apresentando num teatro dois grandes cantadores nordestinos, Dimas e Lourival Batista. O público acentuava os momentos melhores da cantoria com aplausos ensurdecedores. Então dois jovens artistas que estavam na plateia começaram a se sentir incomodados com a consagração que "os dois velhos arcaicos" estavam recebendo. Logo resolveram entrar no palco para realizar uma performance mais moderna. Um postou-se no centro, com as mãos nos bolsos da calça; o segundo, abraçando-o por trás, colocou os braços sob as axilas do da frente, que ia pronunciando um discurso, enquanto as mãos do outro executavam uma gesticulação completamente em desacordo com a fala do primeiro.

Quando terminaram, o público aplaudiu de modo apenas educado. Mas o teatro quase veio abaixo com palmas e gargalhadas foi quando os "arcaicos" recomeçaram, e Lourival Batista, referindo-se à posição, para ele estranha, em que os dois jovens "performáticos" tinham ficado em cena, cantou a seguinte "sextilha de gemedeira":

O de trás dava banana,
o da frente discursava;
quanto mais um se enxeria,
mais o outro se encostava.
Atrás, inda tinha um jeito,
ai, ai, ui, ui,
na frente é que eu não ficava!

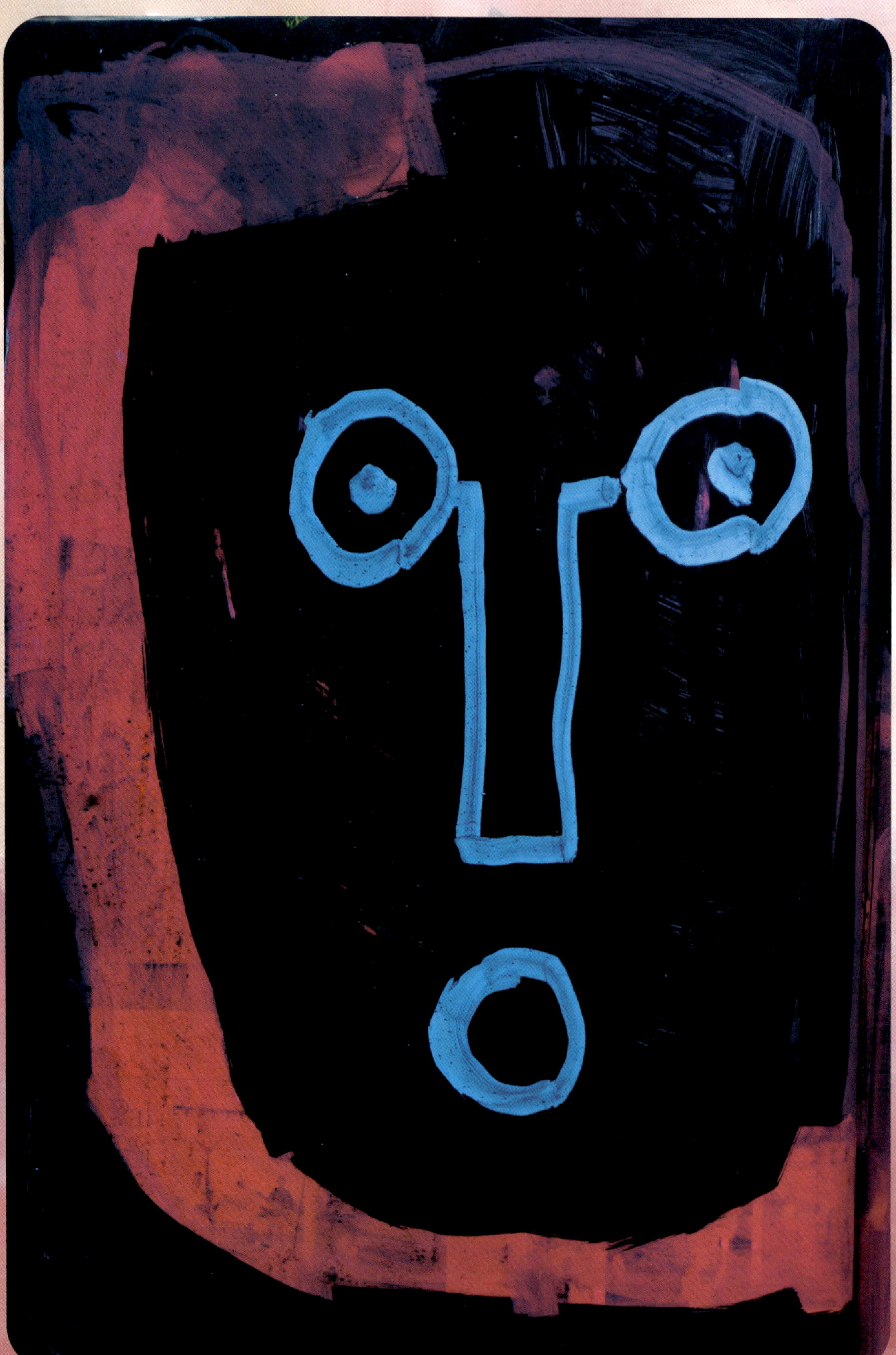

Biu Doido

Biu Doido era o doido oficial de São José do Egito. O grande sonho de Biu Doido era ter um relógio. Terminou conseguindo um, velho e quebrado. Era, mais, uma casca de relógio, do que um relógio mesmo. Os desocupados da rua divertiam-se perguntando-lhe as horas e ouvindo, em troca da pergunta, uma enfiada de desaforos e pornografias.

Um dia, chegou um delegado novo em São José. Fardado de tenente, foi aconselhado a perguntar as horas a Biu Doido. Perguntou. Biu Doido olhou-o de cima a baixo e, vendo-o fardado, conteve-se a custo e disse:

— Eu só não lhe dou uma resposta, porque sei que o senhor é novato, aqui. Todo mundo, em São José do Egito, sabe que meu relógio não trabalha.
— Não trabalha? — espantou-se o tenente. E comentou: — Então, não adianta!

Biu Doido, sereno, apresentou a contrapartida vantajosa do seu relógio:

— Não adianta, mas também não atrasa!

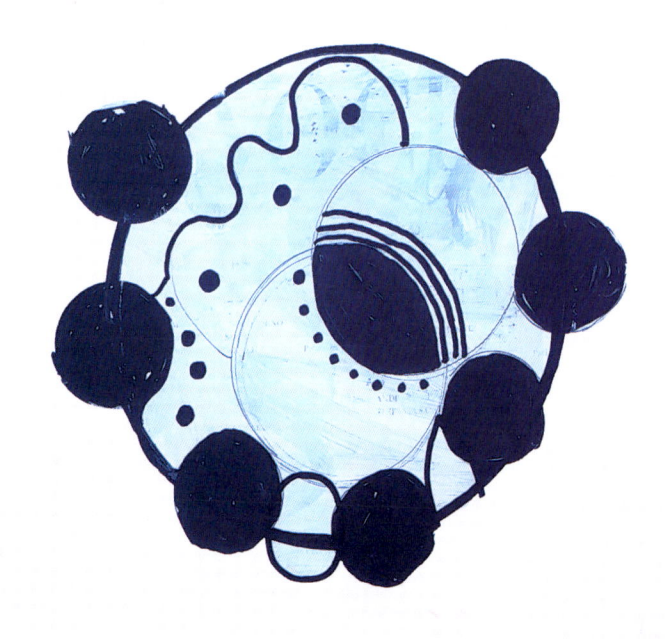

O GAÚCHO DE CAMPINA GRANDE

Era um rapagão enorme, alto, espadaúdo, de cabelos bem pretos e encaracolados, que ele usava, num tempo em que isso era muito raro, com enormes costeletas que cobriam metade de sua cara. Dizem que, no normal, era um excelente companheiro — bom conversador, bom comedor, bom bebedor, excelente contador de casos etc. Andava com um rebenque na mão e usava, na cintura, um enorme punhal de cabo de prata. Mas tinha um defeito: detestava perder, nos jogos de baralho. Quando perdia, agredia todo mundo, puxava o punhal, fazia misérias. O pessoal, todo intimidado, e sabendo da fama de coragem dos gaúchos, perdia para ele de propósito, um pouco por medo, e um pouco, também, para não perder o bom companheiro das horas boas.

Acontece que, um dia, do Sertão do Piancó, chegou um sertanejo que, sem saber dessas características do gaúcho, começou a ganhar, para ele, todas as paradas no baralho. O gaúcho foi ficando vermelho, vermelho, e, de repente, ante a multidão assombrada e temerosa pela sorte do sertanejo inocente, deu um salto de onça, ficou de pé, estadeando diante do adversário sua enorme estatura, puxou o punhal de cabo de prata e gritou ameaçador, com seu sotaque característico da fronteira "castelhana":

— Sei onde é o lugar mortal e só furo uma vez!

O sertanejo, calmamente, levantou-se também. Sempre tranquilo, puxou uma faca "quicé", dessas bem pequenas, mas afiadas como uma navalha, e disse, manso:

— Eu não sei, não senhor, mas furo tanto, que termino achando!

E conta a legenda sertaneja que, ao falar assim, havia tanto veneno e navalha por trás de seus olhos, que o gaúcho esfriou e saiu de bandinha.

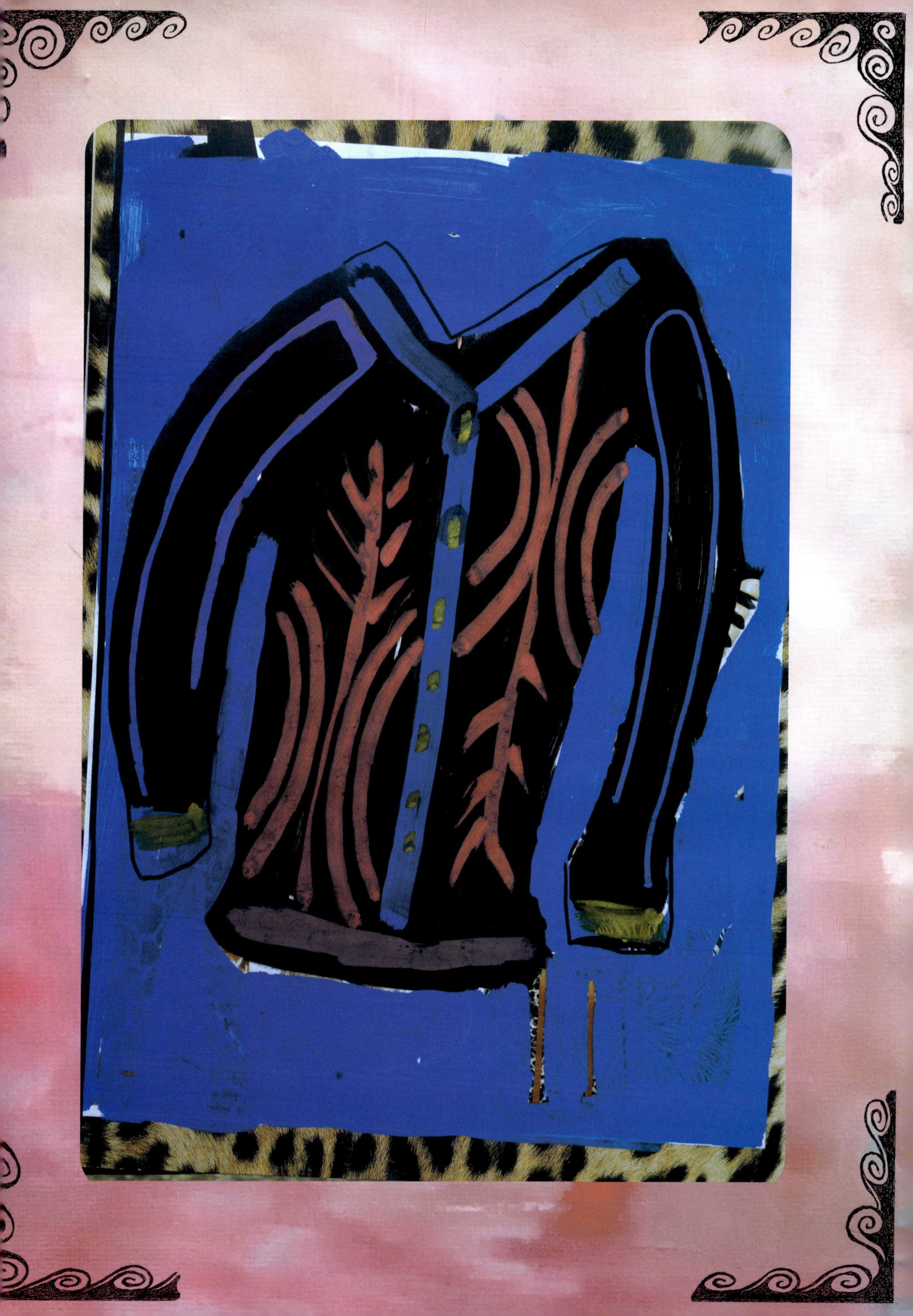

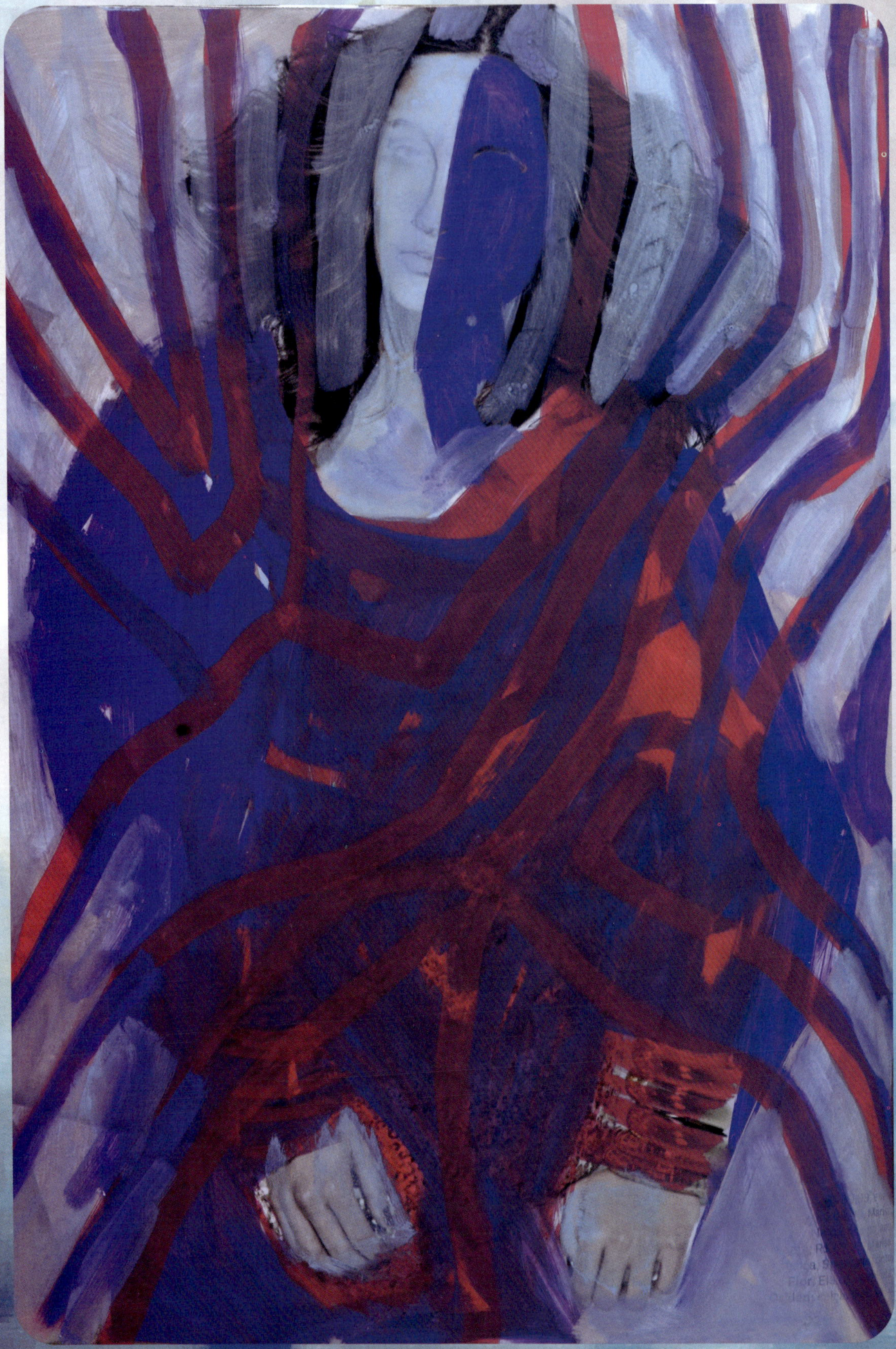

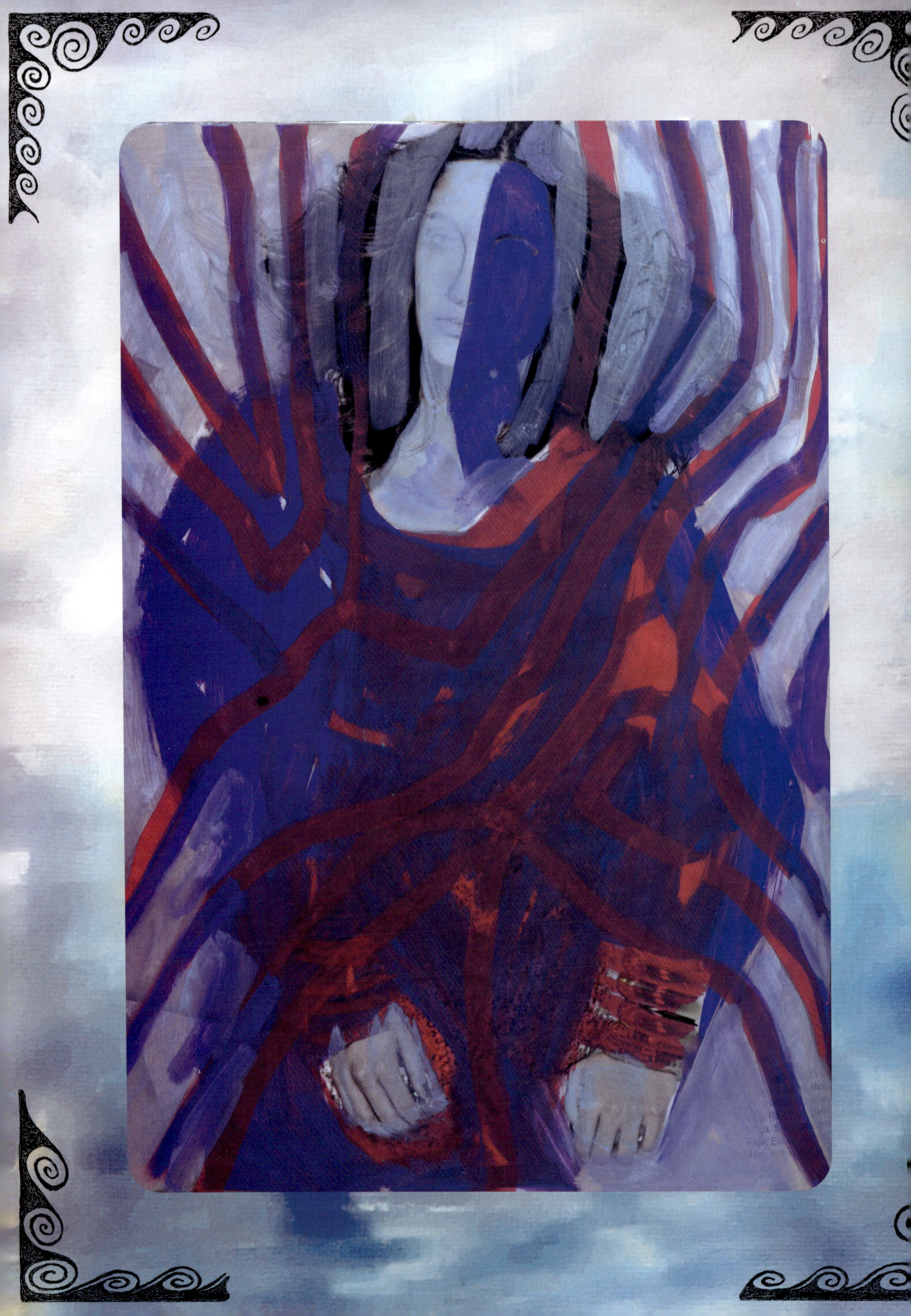

A PENSÃO DE DONA BERTA

O grupo do qual Noel Nutels fazia parte, na pensão de seus pais, na Rua Gervásio Pires, 234, era típico da década de 30. Integravam-no, entre outros e sem contar os frequentadores eventuais, Rubem Braga, Capiba,[8] meus irmãos Saulo, João e Lucas Suassuna, Radjalma da Silva Rego, Luís Canuto, Arino Barreto etc.

Esse grupo marcou época, em seu tempo. Suas histórias me chegavam através de meus irmãos mais velhos, de modo que, para mim, ainda morando em Taperoá, Capiba, Noel Nutels e Rubem Braga eram verdadeiros tipos de legenda. Eu seguia as "aventuras" vividas por eles no Recife e contadas por meus irmãos em Taperoá, nas férias, como quem segue a vida de personagens de novela. Lembro-me de que uma cena, mais ou menos habitual entre eles, me impressionava muito e muito me fazia rir: era a da "orquestra de mão e beiço". Num dia qualquer, um componente do grupo sugeria:

— Vamos, hoje, fazer passeata de orquestra?

Os outros concordando, cada um, depois do almoço, ia para o lugar que tivesse escolhido, mas todos marcavam encontro, para as 5 horas da tarde, na Praça da Independência, diante da Igreja de Santo Antônio. Aí se juntavam de quinze a vinte rapazes. Formavam em "coluna por dois", e, com as mãos diante da boca como se segurassem instrumentos musicais invisíveis, iam tocando, "de boca", um dobrado, ao som do qual marchavam e desfilavam pela Rua Nova, Rua da Imperatriz, Praça Maciel Pinheiro, Rua da Conceição e Rua Gervásio Pires, onde, chegando à pensão, a festa se desfazia. Noel "tocava" o bombo, na frente do desfile; Saulo, meu irmão, "tocava" o clarinete; João, o trombone de vara. E assim por diante.

8_Lourenço da Fonseca Barbosa (1904-1997), natural de Surubim, Pernambuco, foi um importante músico brasileiro, nacionalmente conhecido como compositor de frevos. Grande amigo dos irmãos mais velhos de Ariano, a amizade se estendeu, naturalmente, ao escritor, de quem chegou a ser parceiro em algumas composições.

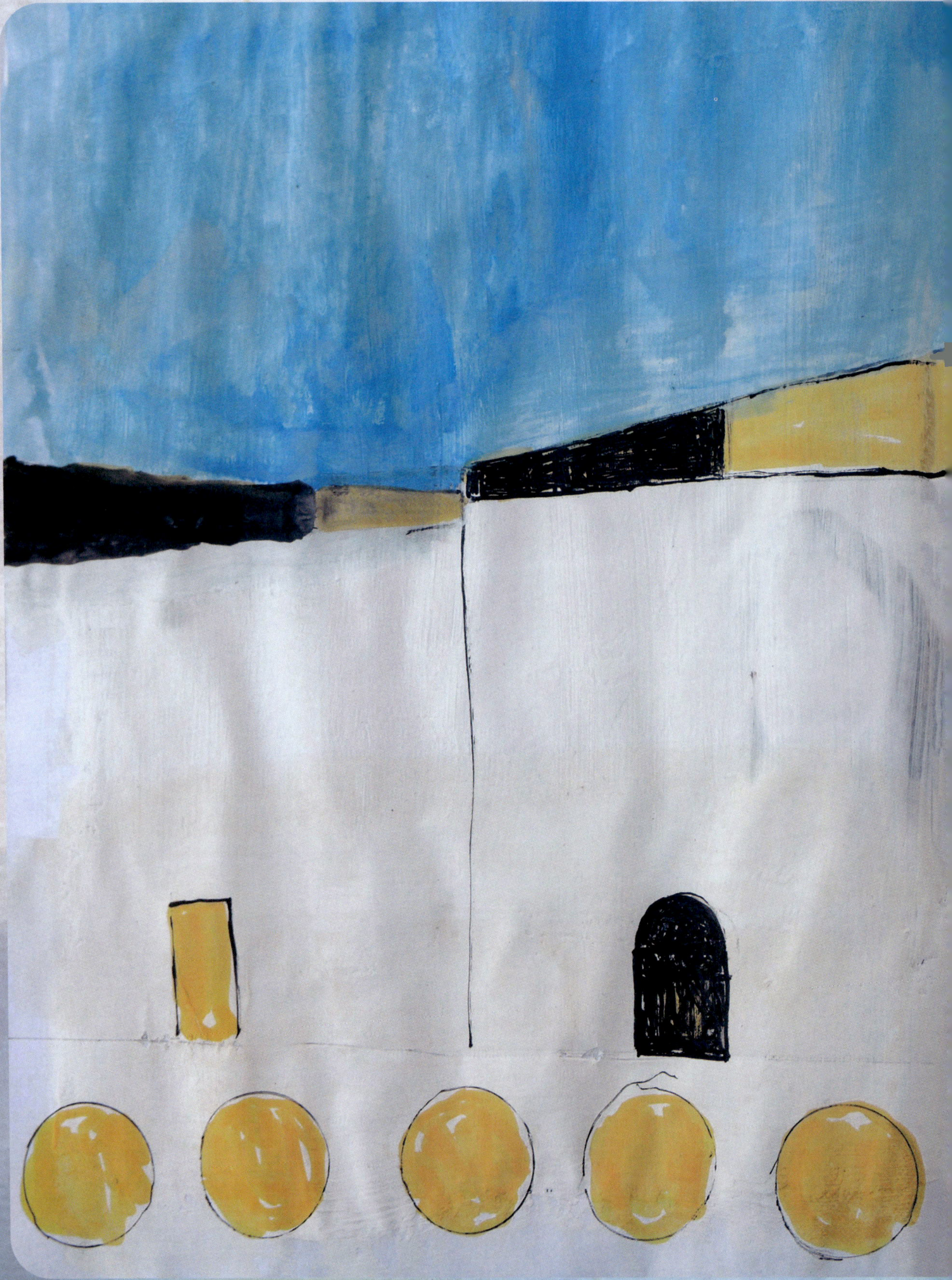

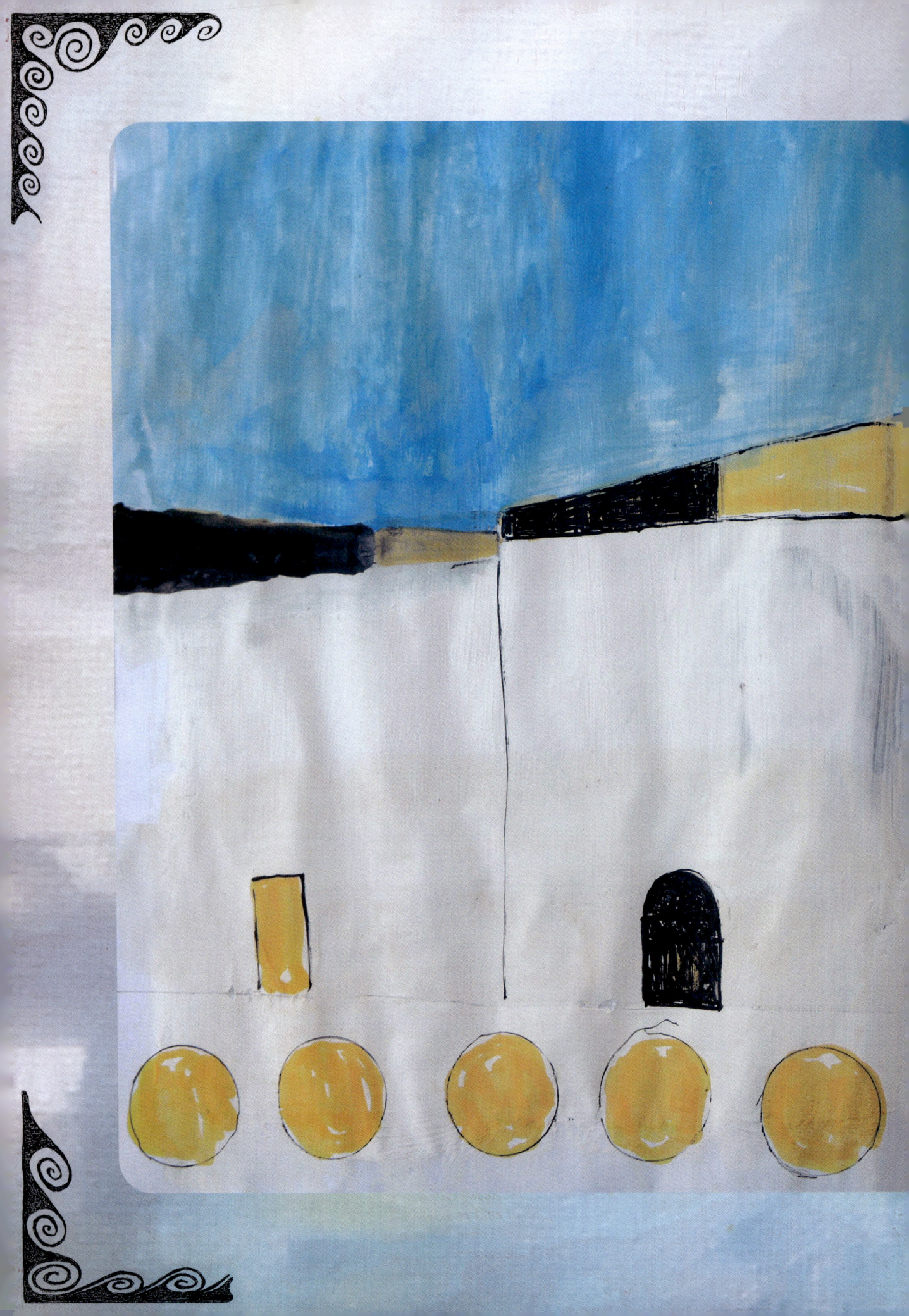

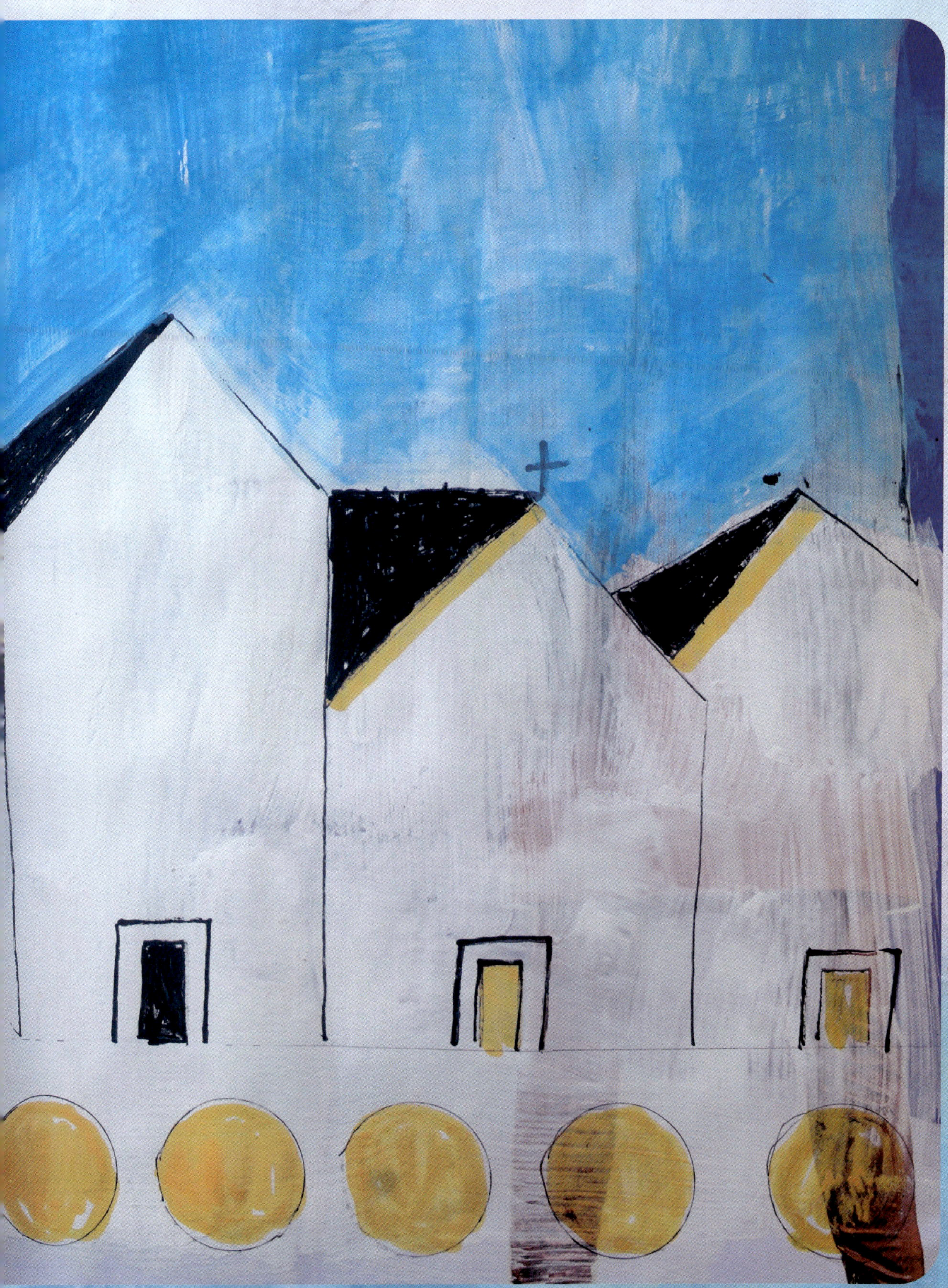

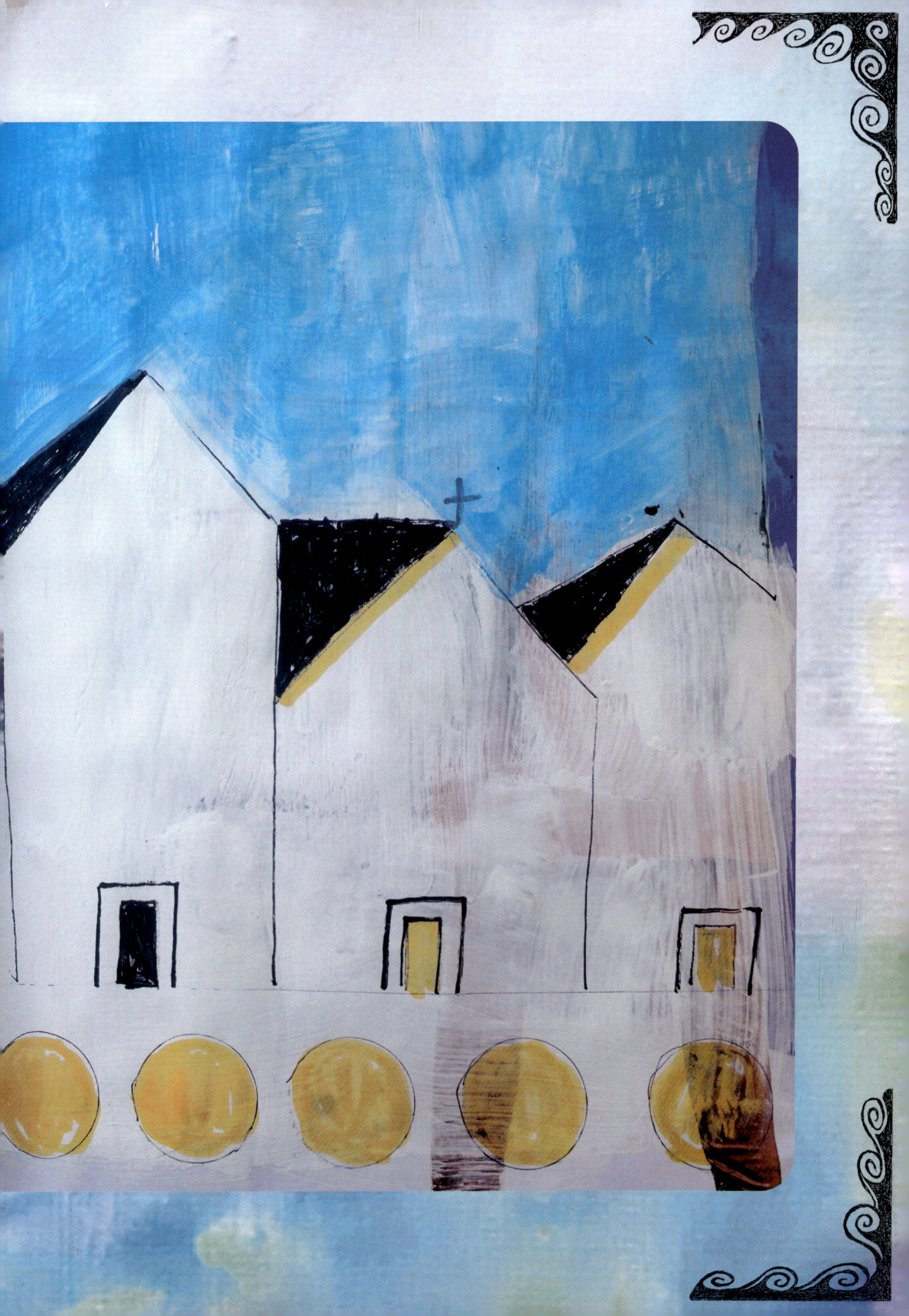

Rubem Braga

Nessa época, Rubem Braga era um exaltado redator, aqui no Recife, do jornal *Folha do Povo*. No tempo da pensão de Dona Berta, teve que fazer várias "visitas" à Secretaria de Segurança Pública, para responder por editoriais publicados em seu jornal. E lembro-me de algumas histórias contadas a mim por meu irmão Saulo, a esse respeito.

Uma vez, por exemplo, Rubem Braga estava sentado com os outros, almoçando, quando chegou um investigador e disse:

— Dr. Rubem, o delegado mandou dizer que quer falar com o senhor!
— Diga a ele que eu vou amanhã! — respondeu Rubem, tranquilamente, continuando a almoçar.

O investigador insistiu:

— Não, ele mandou dizer que é para o senhor ir agora. O senhor está *convidado* a ir até lá, por causa do artigo de ontem.
— Quem é *convidado* atende ao convite quando lhe convém! Diga que eu vou amanhã! — teimou Rubem Braga.
— Dr. Rubem, o senhor está é *intimado*! Venha logo, pelo amor de Deus, senão sua situação se complica!
— Ah, bem! Então, eu estou é *preso*, convidado não! Por que não disse logo?

E, erguendo-se tranquilamente — a escova de dentes já vivia em seu bolso, tão frequentes eram os *convites* — saiu, para *falar* com o delegado.

O revólver do Rubem

Certa vez, meu irmão Saulo, abraçando Rubem Braga no seu aniversário, sentiu, em sua cintura, algo volumoso, de ferro. Espantou-se:

— Rubem, você está com um revólver aí na cintura? Não sabia que você andava armado não!

Com sua voz grossa e tranquila, respondeu Rubem Braga:

— Que revólver que nada, rapaz! Isso aí é um martelo! Ando sempre com um prego grande no bolso e esse martelo na cintura! Não sei o que é que tem o xadrez daqui, que não tem uma sala que tenha prego ou cabide para a gente pendurar o paletó! Como vivo sendo preso de instante em instante, ando sempre prevenido: quando me trancam no xadrez, pego o martelo, cravo o prego na parede e penduro meu paletó, para ficar mais à vontade.

O rato

A outra história que me chegava, em Taperoá, a respeito de Rubem Braga, referia-se a uma das famosas "caçadas de rato" que, de vez em quando, eram realizadas na pensão de Dona Berta. De repente, estando os componentes da turma deitados nas camas do primeiro andar — onde ficavam os dormitórios —, algum deles gritava:

— Olha o rato!

Era uma correria, e considerava-se grande desmoralização um deles deixar o rato passar por perto sem matá-lo.

Numa dessas vezes, o rato, na carreira em que ia, dirigiu-se para o lugar em que estava Rubem Braga. Pegando o primeiro objeto que estava à mão, ele conseguiu atingir o rato com uma primeira pancada. O rato, tonteado, ficou revirado de patas para o ar, mas ainda vivo. Com o mesmo objeto — um canudo de papelão grosso —, Rubem Braga acabou de matá-lo. Terminada a operação, olhou, finalmente, o que tinha na mão e comentou:

— Até que enfim, essa porcaria serviu para alguma coisa!

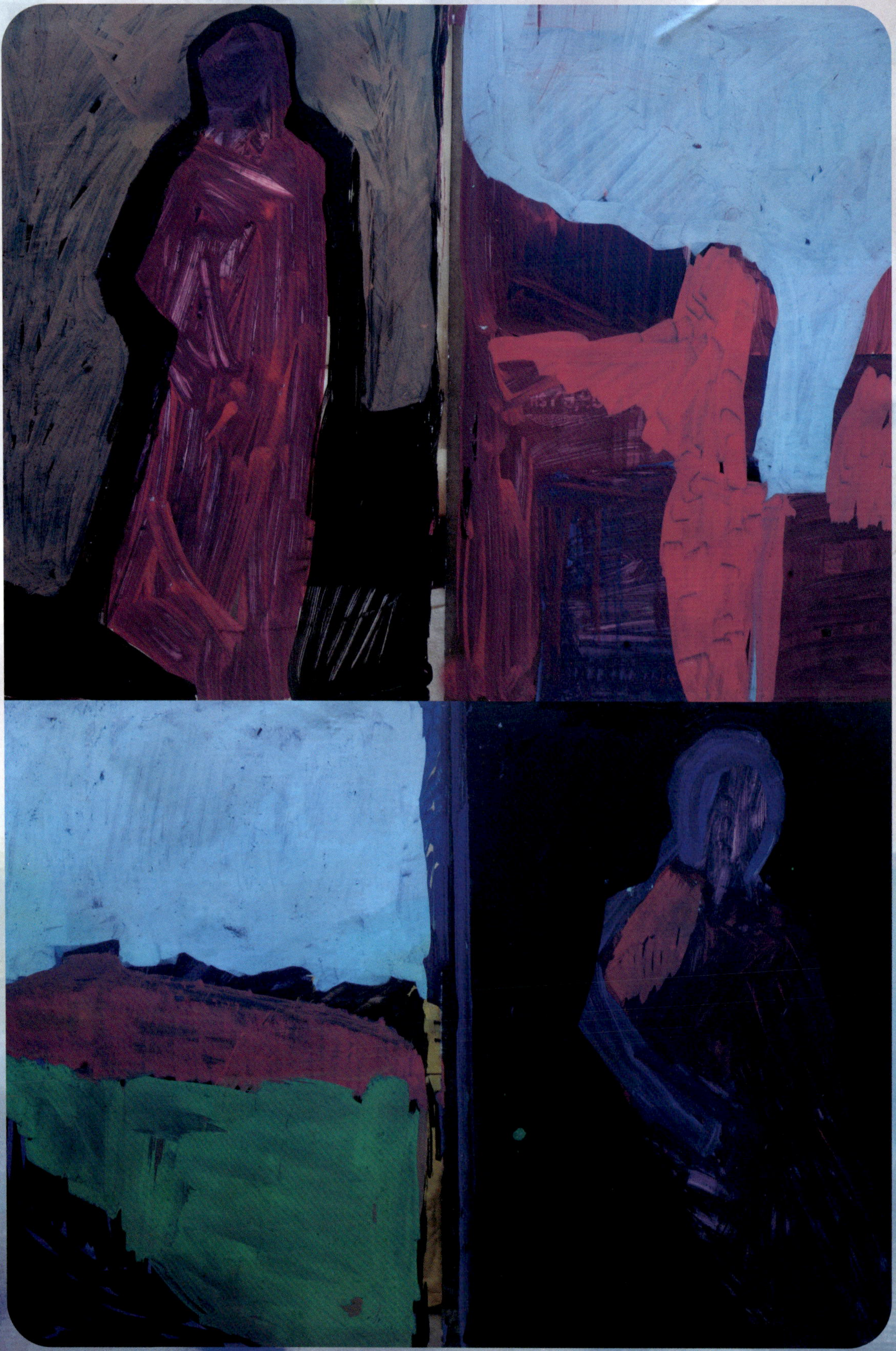

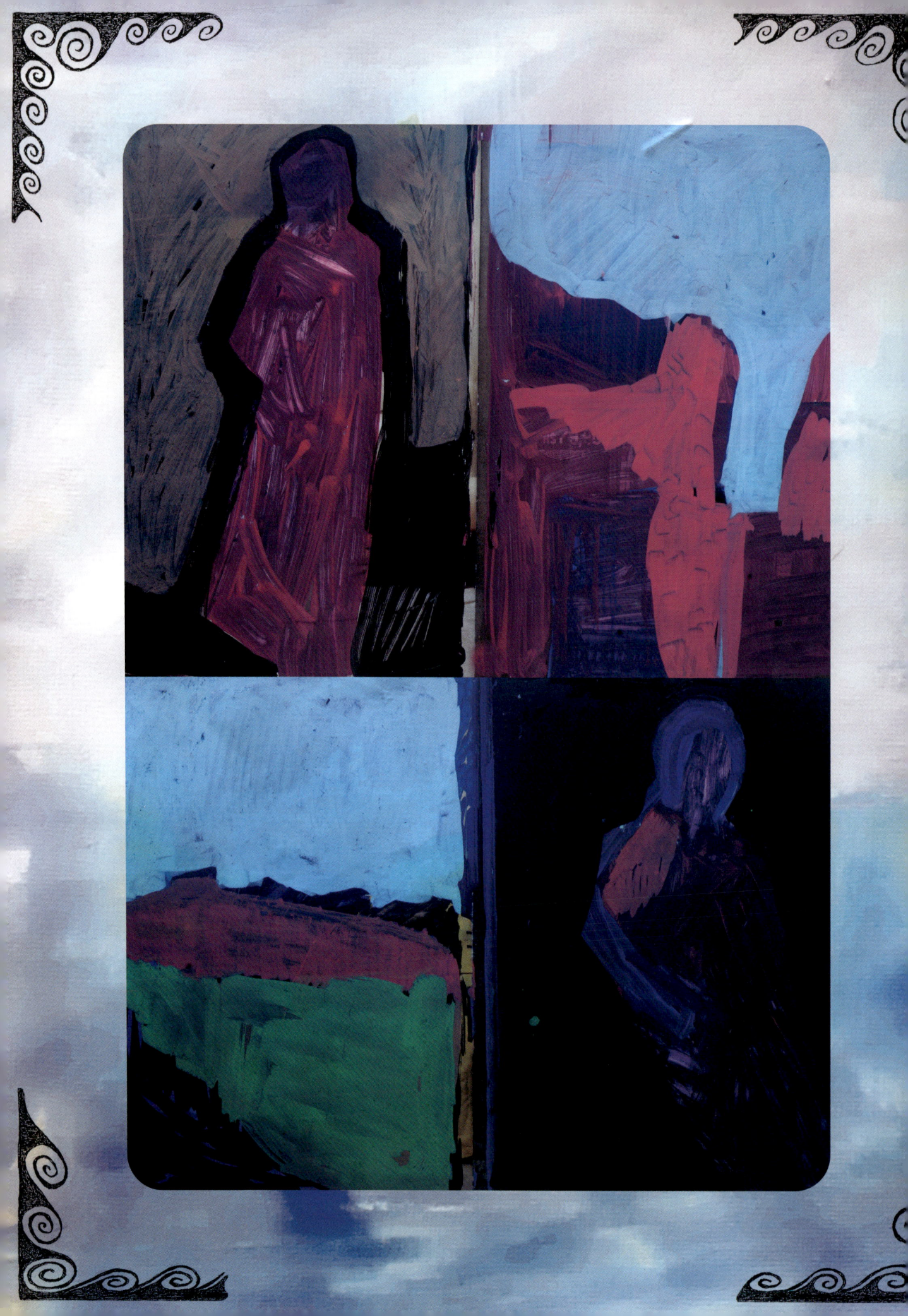

Rasgou o canudo de papel grosso e jogou os pedaços fora. Meu irmão Saulo, curioso, foi ver o que era: era o diploma de bacharel em Direito, do Braga.

SALOMÃO, O IMIGRANTE

Mas não era somente no grupo dos rapazes que havia personalidades e histórias para mim legendárias. Os pais de Noel, Salomão e Dona Berta, também me chegavam a Taperoá, através do colorido das narrações de meus irmãos mais velhos, como personagens fascinantes, cheios de vida e movimento. Eram judeus ucranianos, de Odessa. Como pertencessem à pequena burguesia local, começaram a ser perseguidos pelo incêndio da Revolução de 1917. Pelo que a gente lê, hoje, das novelas russas que pintam a implantação do comunismo na Rússia, vê-se que os cossacos, os camponeses e os ucranianos foram dos grupos que mais se opuseram à Revolução, sendo, portanto, dos mais perseguidos.

Salomão Nutels, vendo que a situação estava ficando difícil para ele e para os seus, resolveu emigrar. Veio na frente, para a Argentina, para preparar o caminho: depois, mandaria buscar Dona Berta e Noel. Como de fato aconteceu. Ajeitou-se mais ou menos, na Argentina, e então tomou um navio para voltar à Rússia e trazer os dois. Quando o navio chegou ao porto do Recife, ele desceu para espairecer um pouco: o navio ia demorar, de modo que ele tinha tempo para dar um pequeno passeio pela cidade.

CENA BÁRBARA NO MERCADO DE SÃO JOSÉ

Andando ao léu, Salomão foi bater no Mercado de São José, em cujo pátio viu uma cena que o deixou horrorizado e com não muito boa impressão do Brasil. Quando ele apareceu numa ponta do pátio, despontou na outra um negro jovem, na carreira, e carregando na cabeça "um grande e estranho animal marinho", uma espécie de ouriço gigante. Atrás do negro, vinha uma verdadeira multidão, aos gritos, parecendo persegui-lo para disputar-lhe a posse do estranho animal. De repente, o negro tomou uma atitude inesperada: atirou ao chão, matando-o, o bicho esquisito, que se lascou em duas metades. Então, ele e os outros, esquecendo as divergências, caíram em enxame sobre o cadáver do animal marinho e começaram a comer-lhe, cruas, as entranhas. Salomão assistia a tudo, horrorizado. E só tempos depois, já adaptado ao Brasil, é que viria a saber que o ouriço gigante era somente uma jaca mole, que os "bárbaros" vinham disputando na brincadeira e que tinham resolvido dividir fraternalmente pelo grupo todo.

A Fuga

Ali, porém, na hora, horrorizado, ele correu do Mercado até a Rua Primeiro de Março. Por falta de sorte sua, porém, aquele era o dia em que o Brasil tinha resolvido entrar na Guerra de 14, ao lado da França. Os populares estavam exaltados, e, vendo aquele homem alourado correndo pela rua, gritaram:

— Pega o alemão!

Salomão, já em pânico com o que vira, enfiou pela Praça da Independência, agora perseguido por grande multidão. A sorte dele foi chegar à Rua Nova, onde subiu no primeiro pé de escada que encontrou aberto. Era uma pensão de raparigas, e essas senhoras, com a gentileza e o carinho comuns à classe, acolheram o pobre perseguido e esconderam-no. Tão carinhoso foi o trato que ele recebeu, que a má impressão se desfez. Esperou um bocado e depois, vendo que a multidão tomara outro rumo, encaminhou-se para o porto: o navio partira sem ele!

Aí, Salomão Nutels tomou uma decisão que seria definitiva: não moraria mais em Argentina nenhuma. Resolvera, de chofre, ficar nesse estranho e fascinante país. De negócio em negócio, foi bater no Sertão de Alagoas, em São José da Laje, onde se fixaria por algum tempo, e para onde mandaria buscar Dona Berta e Noel.

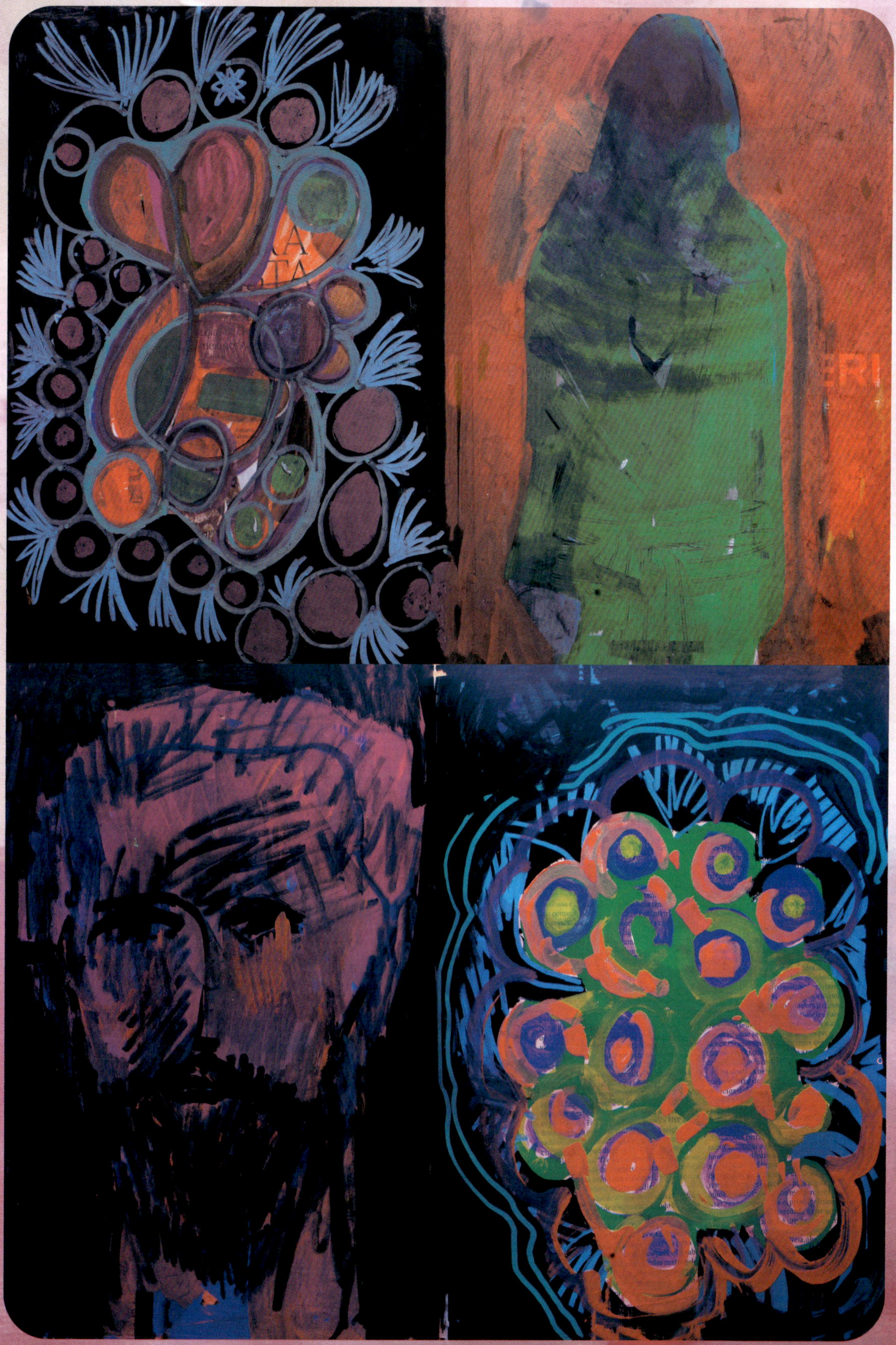

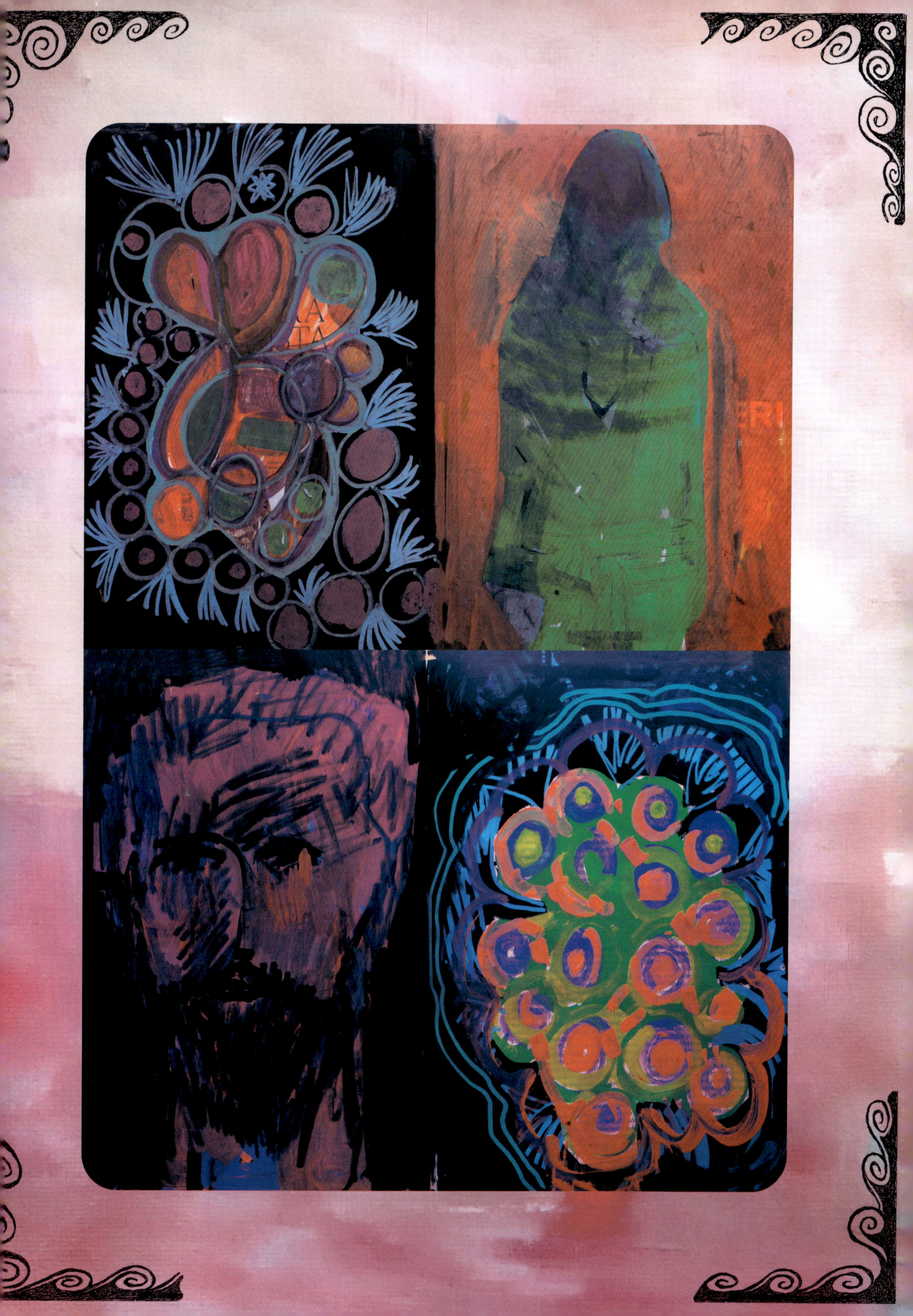

Noel Nutels no cemitério russo

Enquanto Salomão procurava se fixar aqui no Nordeste, a situação cada vez se apertava mais para os Nutels, na Rússia. Primeiro, houvera a violenta luta dos revolucionários de Kerensky e Lenin para derrubar o regime czarista. Agora, porém, uma nova dissensão política se manifestara dentro das próprias fileiras revolucionárias vitoriosas: os mencheviques de Kerensky foram derrubados pelos bolcheviques mais extremados de Lenin, Trotsky e Stalin. Pelos livros de Cholokov a gente vê a confusão terrível que houve naqueles dias: bandos armados de Brancos e Vermelhos percorrendo os campos e queimando tudo, matando, incendiando, fuzilando com julgamentos sumários e mesmo sem julgamento nenhum.

Salomão já conseguira mandar algum dinheiro para Dona Berta que, juntando esse ao resultado da venda de suas poucas joias, começou os preparativos de viagem. Não sei exatamente como tudo se passou, porque sei dessa história através de meu irmão Saulo. Lembro-me, porém, perfeitamente, do dia em que primeiro a ouvi, em Taperoá, onde me chegavam os ecos da triste história dessa pobre família judia, ameaçada por todos os lados, no meio de uma Revolução que eu, que passara por experiências parecidas em 1930, não tinha muita dificuldade em imaginar. Ao que parece, a viagem projetada tornou Dona Berta suspeita às autoridades revolucionárias, e ela teve que sair meio clandestinamente. Num dia, não sei se na sua aldeia perto de Odessa, se já noutra cidade, durante a viagem, Dona Berta viu-se de repente acossada pelos bandos assassinos. Conseguiu escapar das ruas invadidas e foi se refugiar no cemitério. Infelizmente, esse fora o local escolhido para o fuzilamento das pessoas que os grupos suspeitavam de antirrevolucionários, e Dona Berta e Noel, escondidos atrás de um túmulo, tiveram que presenciar a cena terrível. De repente, Noel fez menção de que ia chorar. Dona Berta cravou os dedos sobre sua boca com tal violência que suas unhas feriram o lábio superior do menino, deixando nele uma cicatriz que o ficou marcando para o resto da vida. Uma cicatriz que, depois, os enormes bigodes iriam cobrir aos olhos estranhos, mas que a própria Dona Berta mostrou a meu irmão Saulo, no dia em que lhe narrou o terrível episódio.

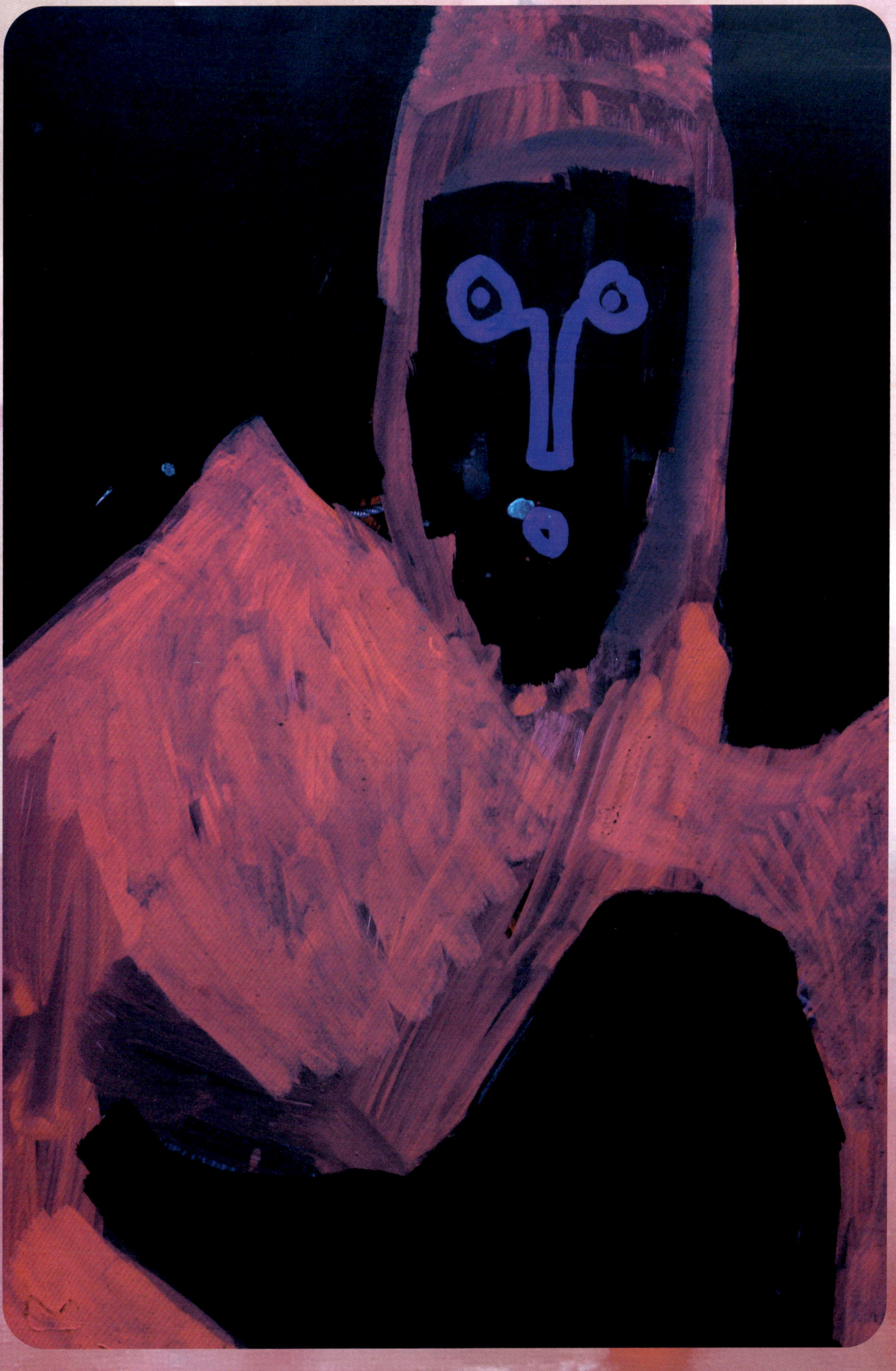

Noel Nutels em Alagoas

Mas, graças a Deus, tudo terminou dando certo, e Dona Berta e Noel vieram se juntar a Salomão, já fixado em São José da Laje. Aí, o garotinho da Ucrânia começaria seu processo de abrasileiramento, que não lhe parece ter dado trabalho nenhum: meus contatos com ele não foram muitos, mas foram suficientes para pressentir o profundo amor ao Brasil que enchia o coração de Noel Nutels.

Ali, em São José da Laje, começou ele seus estudos. Transferiu-se depois para Maceió e, afinal, veio fazer o curso de Medicina no Recife. O destino iria juntar, numa classe só, dois quase adolescentes, todos dois refugiados, aqui, dos ódios desencadeados por revoluções com as quais eles nada tinham a ver: meu irmão Saulo, tirado por minha Mãe do ambiente de ódio que havia ainda contra nossa família, na Paraíba de 1931, e Noel Nutels. Saulo e Noel iriam se formar em 1936. João Suassuna, dois anos mais moço do que Saulo, em 1938. Mas ambos fizeram, logo, amizade com Noel, sendo que meu terceiro irmão, Lucas, logo iria se juntar ao grupo, que, sob a liderança de Capiba, ficaria, por um lado, "aperuando" os ensaios e apresentações do "Bando Acadêmico", e, por outro, iria fundar a famosíssima "Batucada Acadêmica", que marcou época no Recife, na década de 1930 a 1940.

Capiba, Noel e João Suassuna

Capiba fundara, aqui, primeiro a "Jazz Band Acadêmica", que depois deixou, para criar o "Bando Acadêmico". Deste grupo, apenas meu irmão João participava. Os outros irmãos — e ele também — faziam parte, mesmo, era de uma "orquestra de pau e corda" de terceira categoria, a "Batucada Acadêmica", juntamente com Maurício de Andrade Lima, Oldano Pontual, Antônio Carlos Esteves de Oliveira, Albérico Câmara etc. Noel Nutels, que se destacava de todos pela presença de espírito e pelo dom de comunicação característicos do ator nato que ele era, apresentava as "tocadas" da "Jazz Band Acadêmica". Mas integrava também a "Batucada Acadêmica", que ele, um dia, terminou levando para São José da Laje, para se apresentar lá. A apresentação foi um sucesso completo e a viagem iria contribuir para nova mudança da família Nutels, desta vez para o Recife.

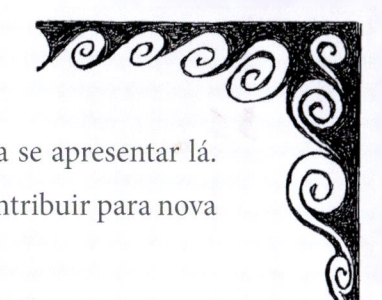

Dona Berta e os Suassunas

Meus irmãos e outros colegas ficaram hospedados na casa de Noel. Salomão e Dona Berta já os conheciam de nome, e se tomaram logo de uma amizade enorme por eles. Sabiam da amizade fraterna que ligava o filho àqueles rapazes do Recife, e, com a bondade que era natural neles, imediatamente os "adotaram". A ponto de chegarem a esboçar uma combinação. O pequeno estabelecimento comercial de Salomão, em São José, dava um lucro muito pequeno: eles se propunham a vender tudo, lá, a fim de se mudarem para junto de Noel. Mas como sabiam que, no fundo, a mudança era uma aventura, viviam hesitando até aquela data. Agora, porém, conhecendo "os meninos, amigos de Noel", Dona Berta concordaria em vir: "os meninos" morariam, com ela, em sua casa, junto com Noel e com o mesmo tratamento; e assim, com a garantia do pagamento da pensão, a mudança não seria mais um risco. Salomão transferiu, então, seu pequeno armazém para o Recife, e toda a família Nutels terminou se fixando aqui.

Foi assim que terminou se criando, no Recife, a "pensão de Dona Berta", com os melhores amigos de Noel morando lá e recebendo, da família do amigo, um tratamento que os fazia esquecer, um pouco, no caso dos Suassunas, a ausência da nossa casa em Taperoá, onde eles só iam passar as férias de fim de ano.

Noel Nutels como estudante

Noel era um grande homem e um líder: teria sido isso em qualquer ramo de atividade a que se dedicasse. Note-se, porém, que não se destacou, na vida, como um "especialista de Medicina", mas sim como "um homem acima do comum cuja atividade era a Medicina". Digo isso para que se entenda o contraste entre o "grande homem médico" que ele foi e o estudante

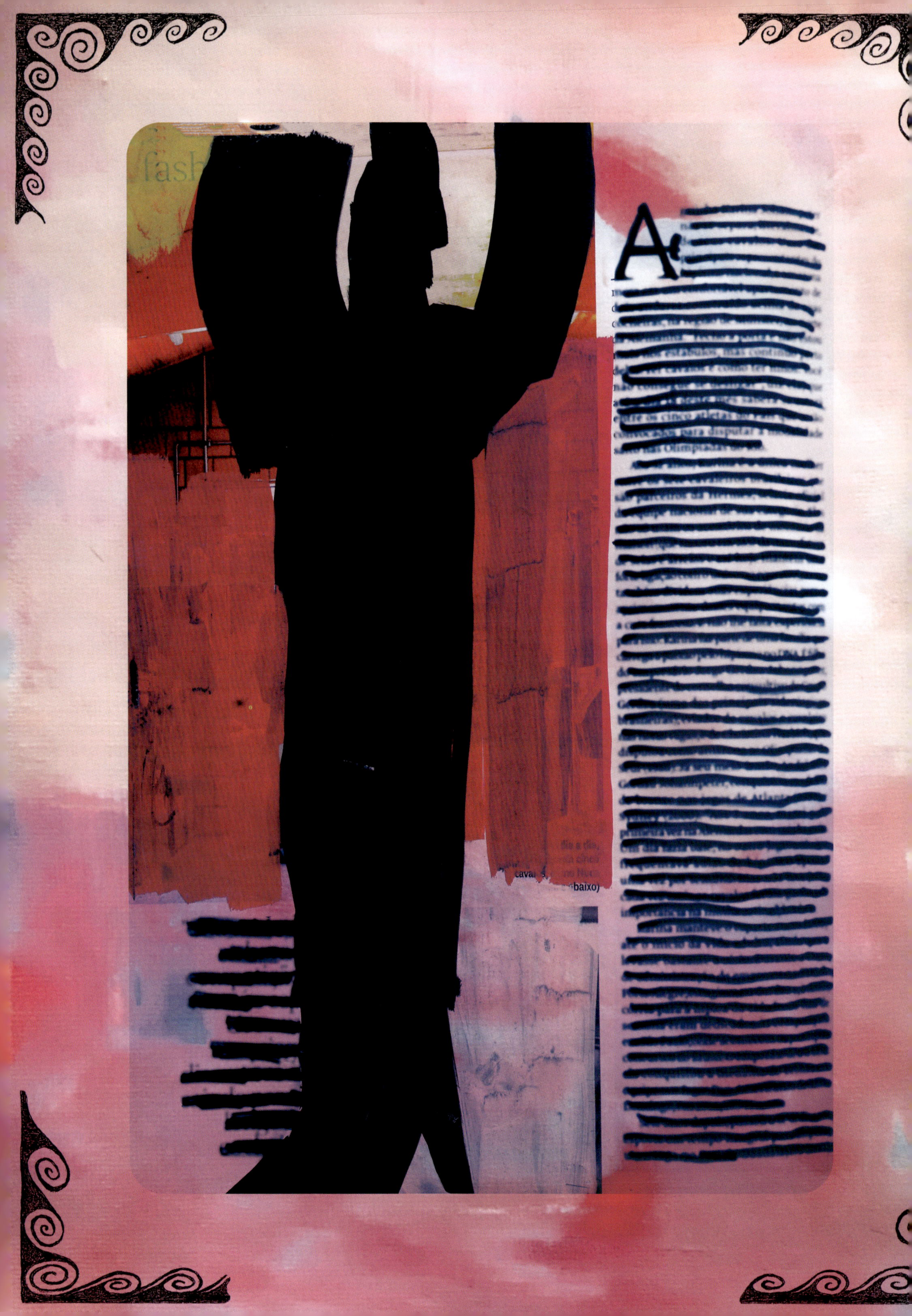

irregular e descuidado que se mostrou na Faculdade. Como estudante, ele sempre "se escorou" um pouco em meu irmão Saulo, tendo eu ouvido, dele e deste, vários depoimentos sobre isso. Também, nas provas, bastava uma simples indicação geral: com sua inteligência privilegiada, Noel fazia o resto, e fazia bem. Aliás, um dia, aconteceu um incidente curioso que merece ser contado.

A Arteriosclerose de Monckeberg

Era uma prova dada pelo professor Ageu Magalhães, e caiu o ponto "Aspectos anatomopatológicos da arteriosclerose de Monckeberg". Na pensão, o apelido de meu irmão Saulo era "Guaribão". Ele já começara a escrever a prova, quando ouviu, atrás, a voz de Noel, indagando:

— Guariba, você sabe isso? Se sabe, passa!

Saulo então *passou* o seguinte:

— A arteriosclerose de Monckeberg é uma arteriosclerose que se caracteriza pela calcificação da túnica média dos vasos. É muito comum nos judeus jovens!
— É nada! — espantou-se Noel, risonho.

E começou imediatamente a escrever. Somente com aquilo, ele era capaz de desenvolver o assunto a contento.

Quando veio o resultado, Saulo tirou 8 e Noel 9. Ocorre que este último fizera a prova e, no fim, como o nazismo já começara seu advento no mundo, pusera a seguinte "Nota": "Veja-se que, atualmente, até a arteriosclerose desse tal de Seu Monckeberg persegue injustamente os judeus." O professor Ageu Magalhães, lendo a prova, ao chegar à nota, deu uma gargalhada; disse, logo:

— Só pode ser a prova de Noel.

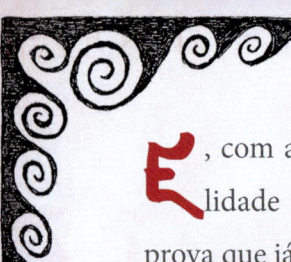

E, com a secreta simpatia que ligava seu temperamento e sua personalidade ao aluno descuidado mas brilhante, aumentara um ponto na prova que já julgara.

A lição de anatomia

Existe um quadro célebre, de Rembrandt, com esse título, mas não é a ele que desejo, agora, me referir: é a um incidente acontecido a Noel Nutels durante um exame final de Anatomia que ele teve que fazer. Não tendo conseguido as notas necessárias para passar por média, teve que fazer uma prova escrita, uma prática e outra oral. Fez a prova escrita, lá, como Deus era servido, e apresentou-se, então, aos professores Frederico Cúrio e Odilon Gaspar, que, naquele ano, estavam substituindo o doutor Luís de Góis. Na prova prática, o ponto que lhe coube foi a dissecação de um bíceps. Ele entrou no necrotério e, rapidamente, relanceou os olhos pelos cadáveres que ali estavam. Só com esse golpe de vista, conseguiu descobrir um bíceps já dissecado por outro estudante, que fora examinado antes dele. Notando que os dois professores estavam com a atenção dividida por muita gente que *trabalhava* na sala, aproximou-se, sorrateiro, do lugar em que estava o defunto, segurou-lhe o braço, encobriu o bíceps com o corpo, movimentou as mãos algum tempo como se estivesse fazendo o trabalho, e, depois, ficou imóvel, apenas segurando o braço do cadáver. Ficou assim até que os dois professores se aproximaram, e, então, deu o trabalho como seu. Como ele esperava, os dois já tinham se esquecido, no meio da confusão, de que aquele cadáver já tinha sido *trabalhado* e aprovaram-no na prova prática, com boa nota.

A forma da traqueia

Terminados os exames práticos, foram, todos, para a sala, para a prova oral. Quando chegou a vez de Noel, caiu, para ele, o ponto sobre traqueia. O professor perguntou-lhe:

— Qual é a forma da traqueia?

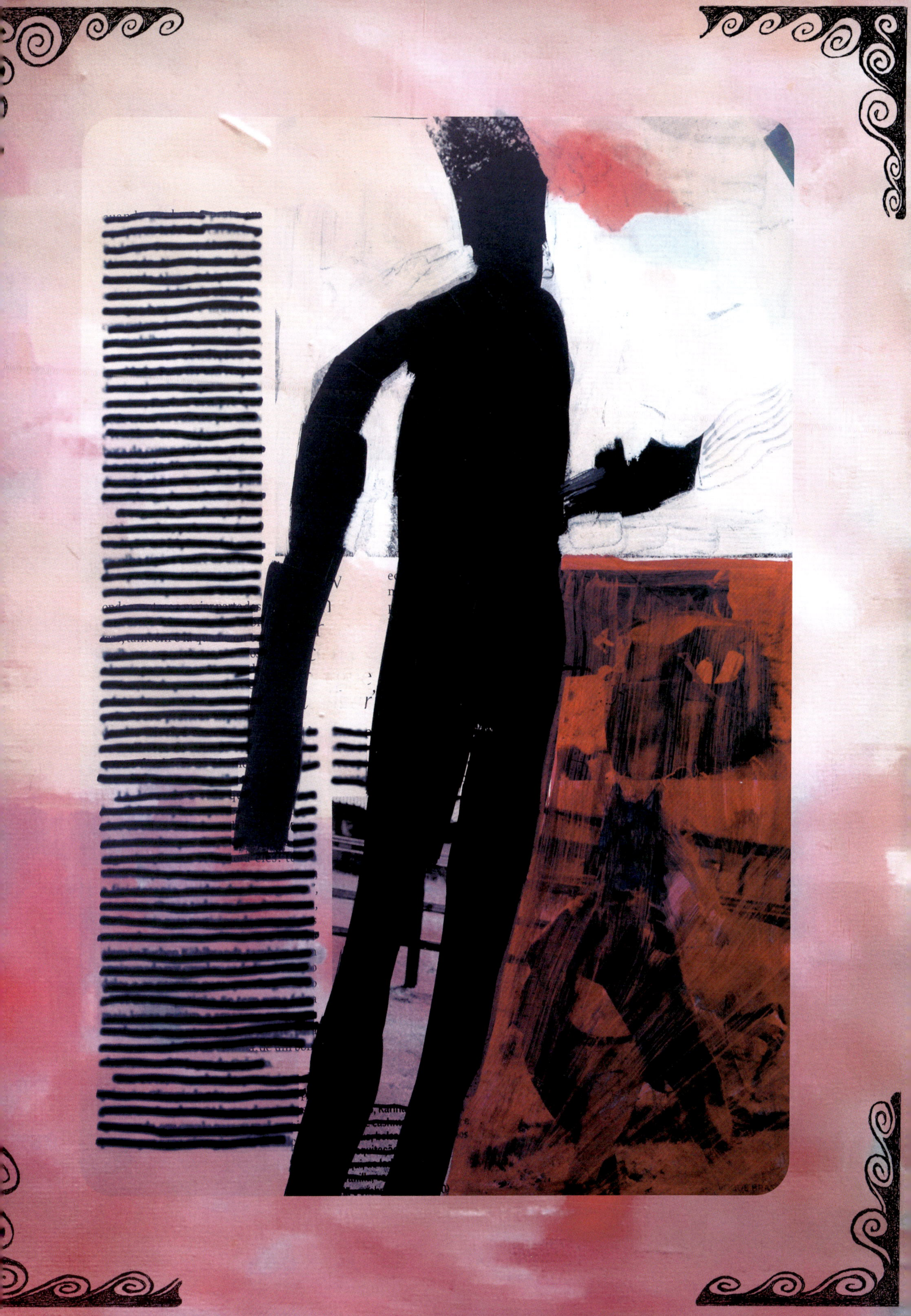

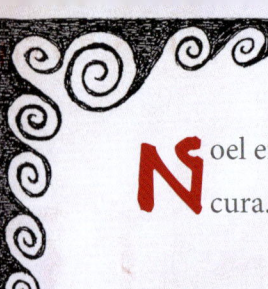

Noel ergueu os olhos para o teto e ficou silencioso um momento, à procura. O professor impacientou-se um pouco. Disse:

— Que é que o senhor está olhando? Aí em cima, no teto, não tem nem uma traqueia, nem um livro de Anatomia, para o senhor procurar, nele, a forma da traqueia!

Noel concordou, em parte. Disse:

— Realmente, aí em cima não tem nem uma coisa nem outra! Mas tem, ali, aquela fita de chumbo enrolada, isolando o fio da luz! A traqueia é mais ou menos daquele jeito, e era aquilo que eu estava procurando!

O professor riu-se, mas insistiu:

— Sim, é verdade! A traqueia é mais ou menos daquela forma. Mas como se chama essa forma?

Noel respondeu, calmo:

— Professor, o exame, aqui, é de Anatomia, não é de Geometria não! E eu confesso ao senhor que, durante o ginasial, fui um péssimo estudante de Geometria!
— Sim! — insistiu o professor. — Mas acontece que, no caso, a sua Geometria vai ter que ajudar a Anatomia! Diga: que forma é essa?

Noel arriscou:

— Cilíndrica!
— Certo! — concordou o professor. — A forma do tubo de chumbo que enrola e isola o fio da luz é cilíndrica. Mas a traqueia não é exatamente igual a ele, é quase isso! Qual é a forma da traqueia?

— A forma da traqueia é um cilindroide! — disse Noel, para ver se *colava*.

Colou. O professor disse:

— Aceito, contanto que o senhor me diga qual é a diferença de forma de um cilindro para um cilindroide!

Noel completou, vitorioso:

— Um cilindroide, professor, é um cilindro que levou um acocho e se apertou um pouco, de banda!

Foi aprovado com nota bastante razoável.

Os dez mil-réis de Capiba

De todo o pessoal que morava na pensão de Dona Berta, Capiba era "o mais abonado". Funcionário do Banco do Brasil e solteiro, era considerado, pelos outros — estudantes que viviam das magras mesadas que os pais sertanejos podiam mandar — , um verdadeiro milionário. E era ele quem supria todo o pessoal, em caso de algum atraso ou quando a lisura habitual apertava mais do que o comum.

Noel era, ao mesmo tempo, liso e pródigo, o que, aliás, era de esperar de seu temperamento generoso e bom. Uma vez, estava o grupo lá em cima, nos dormitórios. Era uma sexta-feira, e a mesada que Salomão dava a Noel só viria no dia seguinte, sábado. Ele já gastara tudo durante a semana e estava sem vintém. Resolveu apelar para Capiba:

— Capiba, você tem, aí, dez mil-réis que me empreste?

Capiba passou-lhe a nota de dez mil-réis e imediatamente Noel, risonho, voltou-se para os outros:

— Pessoal, tenho dinheiro aqui, dinheiro muito! Estão todos convidados para ir comigo ao "Gemba", para tomarmos uma grande rodada de sorvete, com o pagamento por minha conta!

Todo mundo saiu logo para a cidade, para a festa. No caminho, Noel avistou, na vitrine de uma livraria, um volume no qual ele andava interessado há tempo. Meu irmão Saulo não sabe dizer que livro era: sabe, somente, que era de Literatura, e não de Medicina. Vendo o livro, Noel entrou e comprou-o por cinco mil-réis. Veio lá de dentro, contentíssimo com o livro, para reencontrar os amigos que o esperavam à porta a fim de, dali, irem ao "Gemba".

Foi aí que aconteceu o inesperado. Um senhor, que estava na esquina da Rua da Imperatriz, avistando Noel, chamou-o "para um particular". Daí a instantes, voltava Noel coçando a cabeça. E disse:

— Pessoal, aquele camarada, ali, está passando dificuldades! Me contou a história dele, e o jeito, agora, é a gente voltar pra casa, porque dei os outros cinco mil-réis a ele!

No que foi obedecido e aplaudido pelo grupo.

O Noel que eu conheci

Bem, esse foi o Noel Nutels de quem ouvi falar pelos meus irmãos. Eu era mais moço, de modo que quando cheguei ao Recife, para estudar, a família Nutels já tinha se mudado para o Rio. Mas eu ainda viria a conhecê-lo, em minha casa, onde, um dia, ele entrou, gordo, rosado, bigodudo, cabeludo, um pouco parecido com uma espécie de quarto dos "Irmãos Marx", bom, alegre e risonho. Queria, primeiro, me conhecer, e, depois, que eu o apresentasse a uns Cantadores e folhetistas: estava empenhado numa campanha de saúde contra a tuberculose e queria, para tornar a campanha mais eficaz entre o Povo, que um Poeta popular nordestino escrevesse um "folheto" sobre

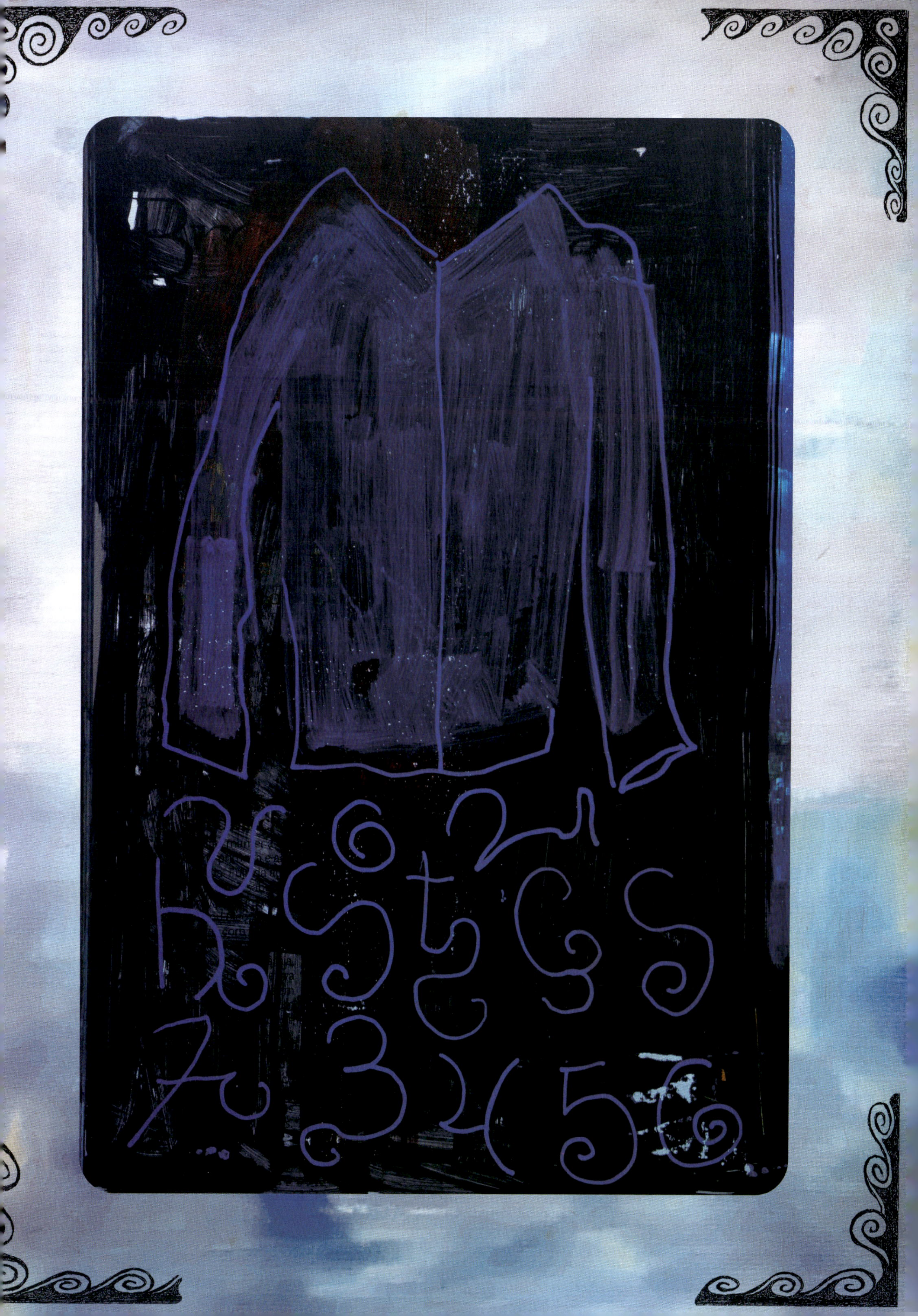

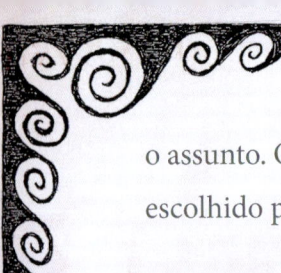

o assunto. O folheto foi escrito, e chama-se *A Fera Invisível*, nome admirável, escolhido pelo próprio Poeta[9] e que muito entusiasmou Noel.

Depois, foram outros encontros, aqui no Recife e no Rio, no meio do tumulto equívoco das estreias de teatro ou dos lançamentos de livro, quando eu, meio perdido no meio da multidão de desconhecidos, avistava os rostos amigos de Noel, de Elisa, sua mulher, e de seus filhos, Berta e Salomão: era como um descanso no meio da loucura que eu via aqueles rostos sorridentes, sem segundas intenções e sobretudo sem qualquer afetação literária.

Etermino com uma última história. Na sua luta em favor dos índios, Noel tinha terminado virando celebridade nacional. E uma vez, num programa de televisão, o entrevistador fez a ele uma dessas perguntas meio fora-de-portas que, de vez em quando, nos atiram nessas ocasiões. Disse o homem:

— Noel Nutels, você, hoje, é um homem famoso, célebre, muito conhecido e que conhece muita gente. Diga-me uma coisa: nas suas andanças nacionais e internacionais, qual foi a personalidade mais importante, mais fascinante, que você conheceu?

Noel não hesitou:

— Foi Dona Ritinha, a mãe dos Suassunas!

O homem, que era do Sul e certamente não conhecia Dona Ritinha, ficou tão perturbado com a resposta, que mudou de assunto; mas só depois de alguns segundos, o tempo que ele levou para se recompor da surpresa.

A personalidade de Noel Nutels era complexa e variada, de modo que só com vários depoimentos dados por pessoas diferentes é que se poderá ter uma ideia de quem foi ele. Outros, então, falem de outros aspectos e gestos seus. O Noel que eu conheci, o Noel de Dona Ritinha e dos Suassunas, foi este; e foi deste que tentei falar aqui, com risonho carinho e profunda saudade.

---

[9] João José da Silva (1922-1997), poeta popular natural de Vitória de Santo Antão, Pernambuco. O folheto intitula-se *A Fera Invisível ou o Triste Fim de um Trapezista que Sofria do Pulmão.*

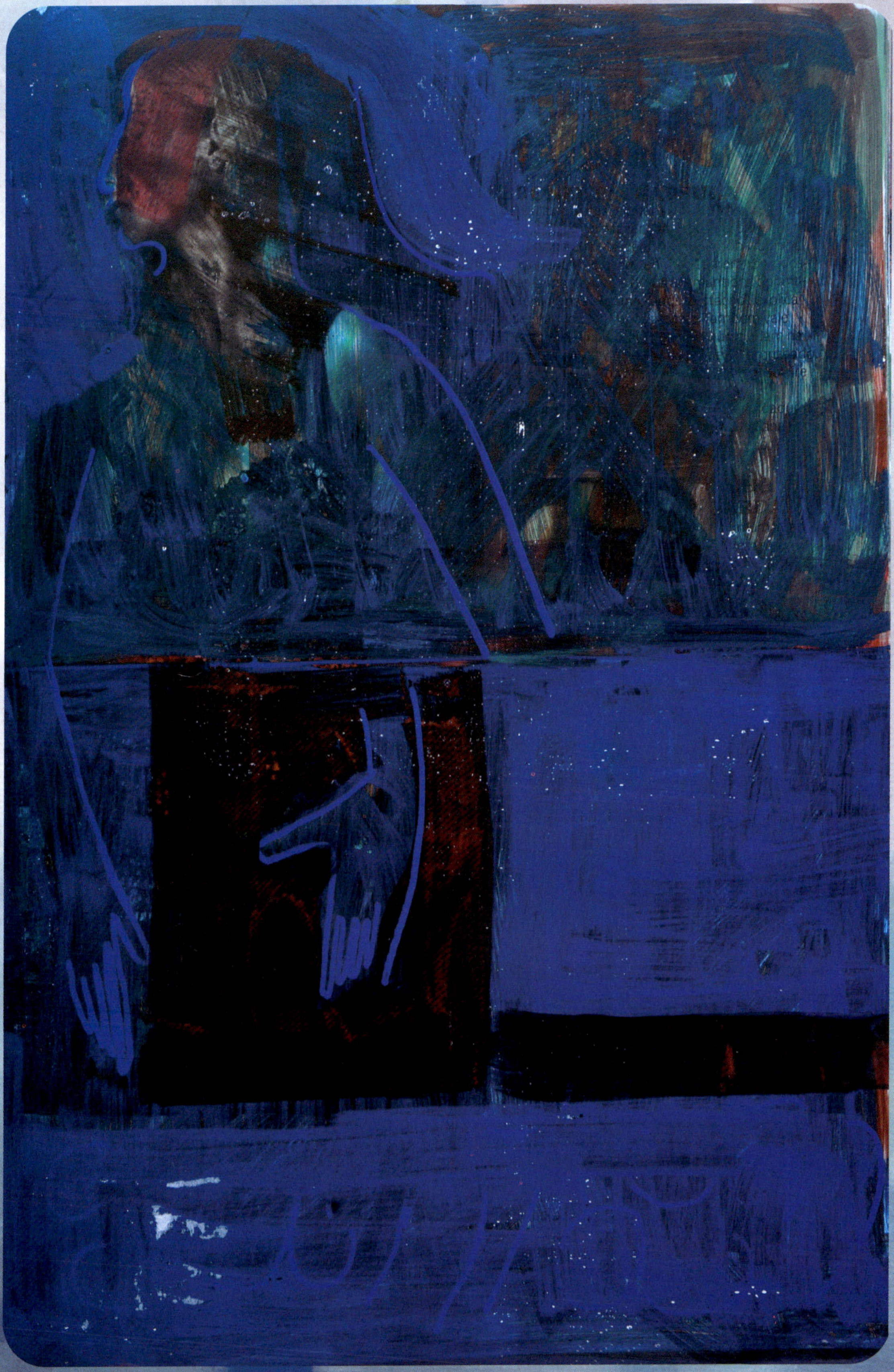

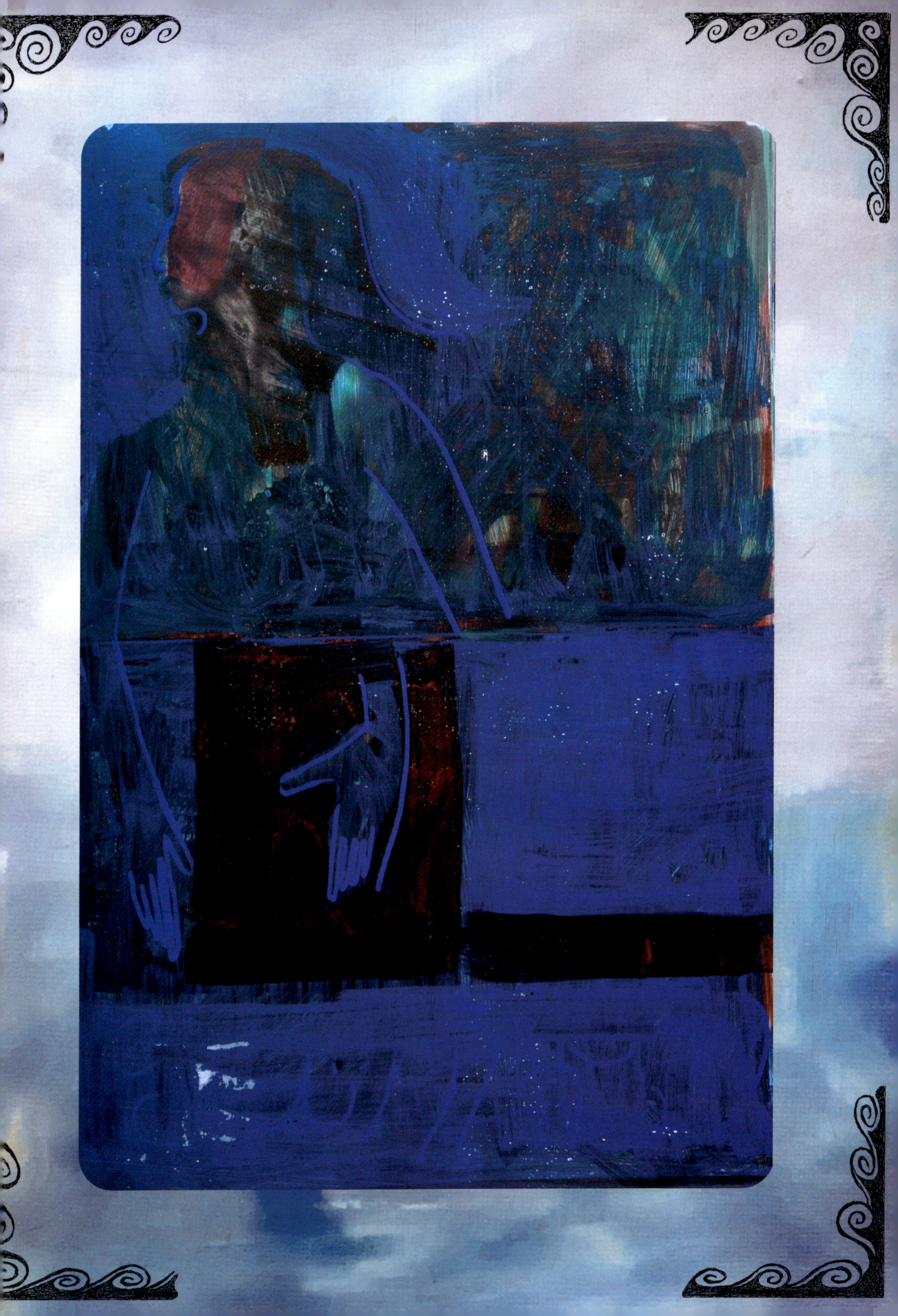

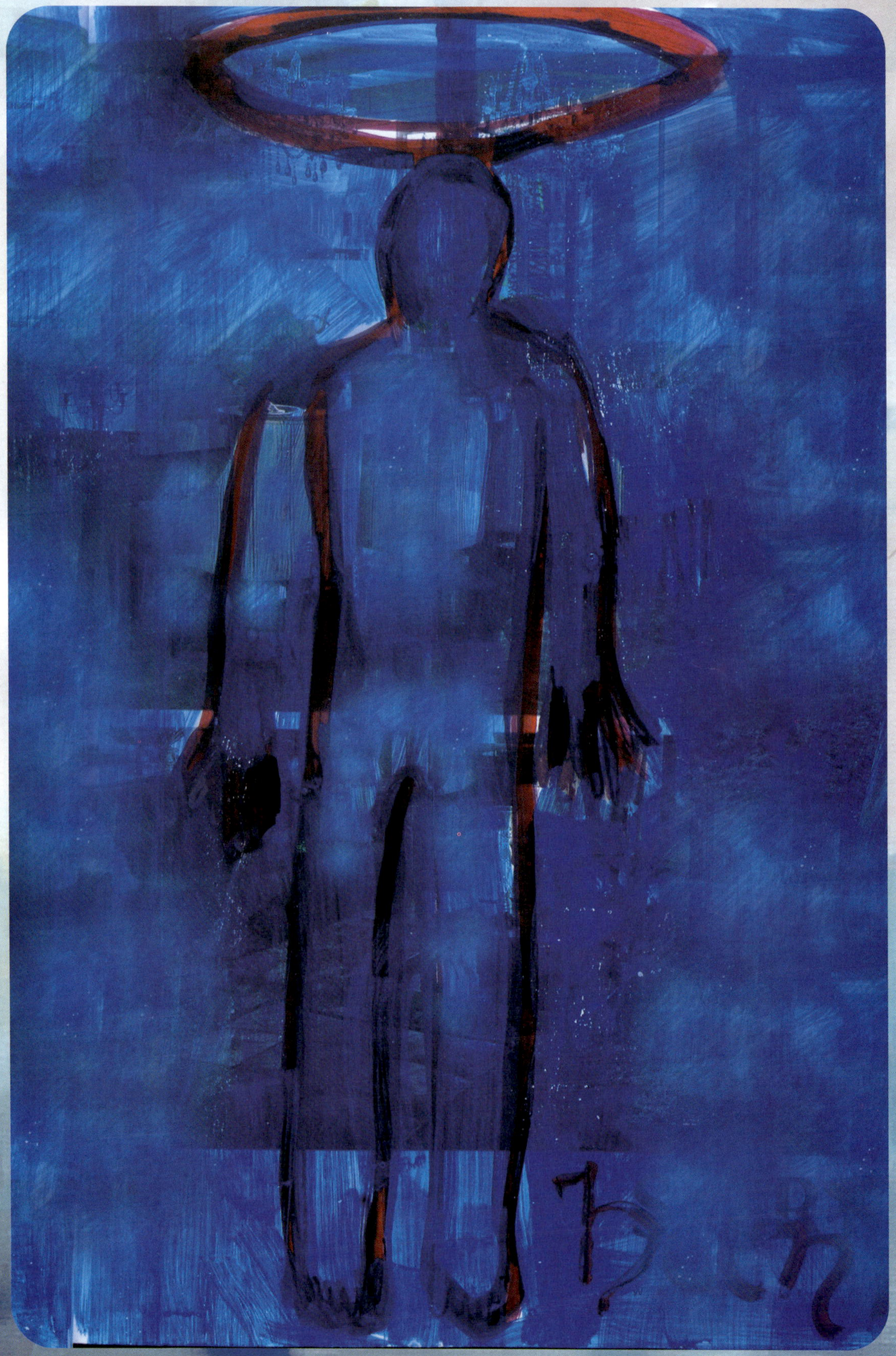

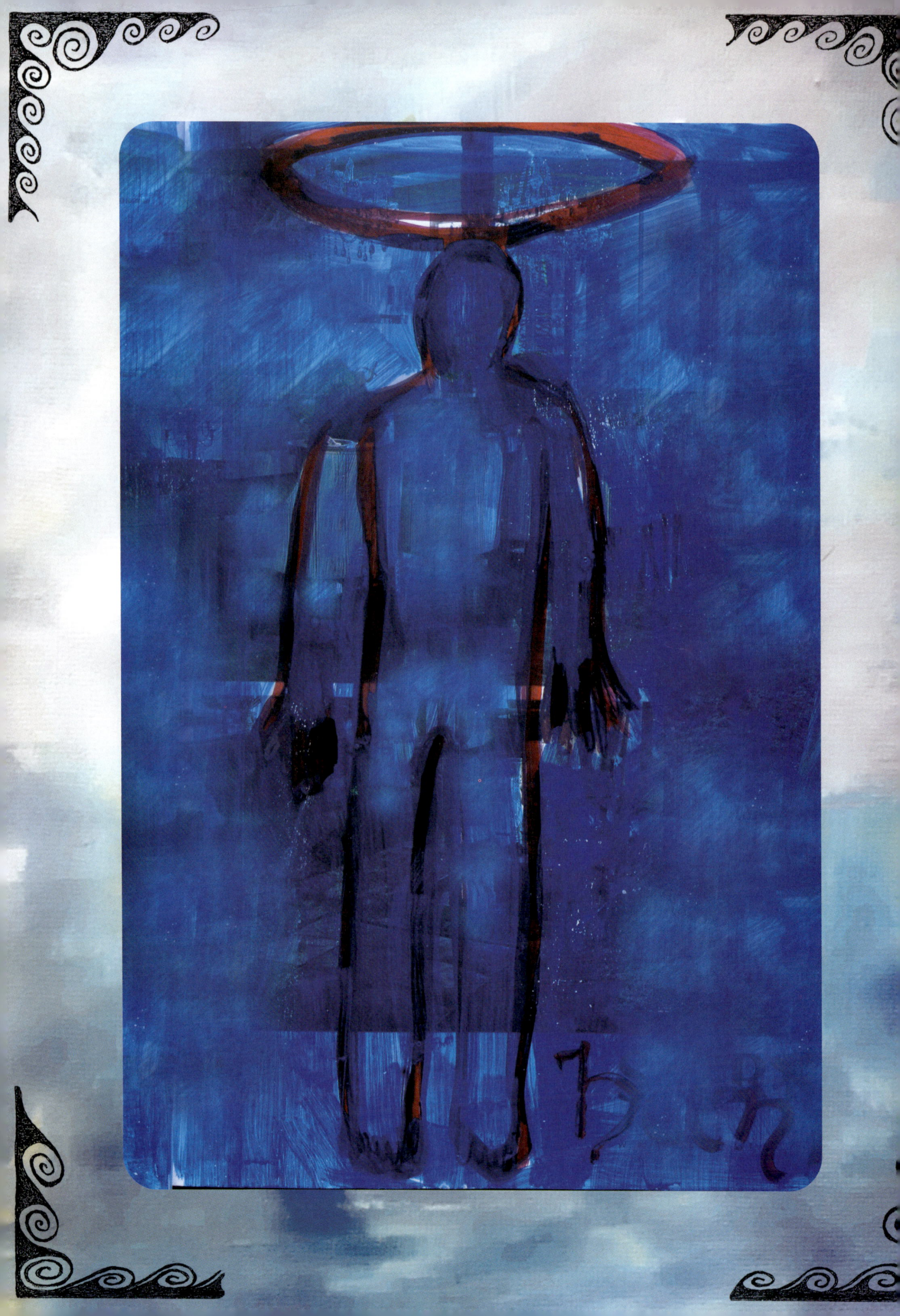

HOMERO EXISTIU?

Existe um certo tipo de pessoa que, não perdoando ao mundo e aos outros homens sua própria pequenez, tem um especial prazer em negar a existência dos grandes homens. Entre os críticos e ensaístas literários, essa posição é muito comum, ante os escritores e artistas criadores: impotentes para a criação, deleitam-se em negar a existência, não digo nem dos gênios, mas até dos Poetas comuns, de poder criador comum; nem a estes últimos perdoam o fato de *criar* alguma coisa, eles que são capazes, apenas, de *comentar* o que os outros criam.

A Ilíada e a Odisseia

É assim que, durante um certo tempo, foi muito comum negar-se a existência de Homero: os críticos, lendo a *Ilíada* e a *Odisseia*, sentiam-se insultados pelo fato de ter existido tal gigante e começaram a espalhar outra versão sobre o caso. Os dois poemas geniais seriam, apenas, a reunião de cantos realizados por vários poetas anônimos, reunião realizada pelos "diascevastas", isto é, os críticos e "eruditos" do tempo. Tal reunião teria sido feita por muita gente e partindo-se, também, dos cantos realizados por muita gente, aos poucos, de modo fragmentário e disperso. Com isso, matavam-se dois coelhos de uma só cajadada: negava-se a existência de Homero e atribuía-se a existência de seus dois grandes poemas a uma entidade dispersa e coletiva, na qual, *por acaso*, os críticos e eruditos desempenhavam um importante papel. Havia, porém, dois pormenores que os estudiosos e ensaístas sempre deixaram de lado: primeiro, é que havia, e há, uma unidade enorme, em ambos os poemas. Depois, a métrica usada na *Ilíada* e na *Odisseia* é pessoal e muito diferente da métrica dos poemas e cantos dos aedos e rapsodos populares anteriores a elas. Que Homero partiu desses cantos, não há dúvida. Mas hoje, a melhor crítica é unânime em reconhecer que um espírito de gênio, um só, um grande Poeta, partindo desses cantos, recriou-os e deu-lhes unidade, de um modo pessoal e próprio, inconfundível — e esse grande Poeta foi Homero.

Shakespeare existiu?

A mesma coisa fizeram e ainda fazem com Shakespeare. Para negar a existência do gênio criador que foi ele, já inventaram mil versões fantasiosas, cada qual mais inverossímil. Uns dizem que o autor das peças shakespearianas foi Marlowe. Marlowe tinha sido condenado à morte. Seu protetor, para evitar a ele o cutelo do carrasco, dera-o como assassinado numa briga de taverna, enterrara um desconhecido em seu lugar, conservara Marlowe oculto em sua casa e as peças escritas por este, daí em diante, tinham passado a ser assinadas com o nome de Shakespeare.

Outros atribuem as peças de Shakespeare a Francis Bacon, quando basta a qualquer pessoa mais ou menos enfronhada em Literatura ler os escritos de um e outro para ver que são pessoas de temperamento e inteligência inteiramente diferentes e até opostos.

Shakespeare era italiano?

Eu não simpatizo com a Inglaterra, e poderia até aproveitar o fato para dizer que Shakespeare era mediterrâneo, da Itália, o que o deixaria muito mais próximo de nós. Porque, para ser franco, na minha opinião, o único defeito que Shakespeare teve foi ser inglês. Mas como não sou dessas coisas, tenho que respeitar a verdade, e aceitar o fato de um dos maiores gênios do Teatro universal ter nascido num país com o qual antipatizo. Mas se eu fosse como esses críticos que vivem especulando sobre a existência ou não existência dos criadores, teria alguns argumentos para fundamentar minha tese de que Shakespeare era italiano. Vejamo-los.

Em primeiro lugar, existe uma certidão de batismo de Shakespeare (argumento, aliás, bastante forte para provar que ele nasceu e existiu). Nessa certidão, vem o menino com o nome, não de William, mas de *Guglielmo* Shakespeare![10] Ora, Guglielmo é a forma italiana de William e Guilherme: logo, Shakespeare era italiano, e não inglês! E eu sairia por aí adiante,

10_O autor brinca com o nome que se encontra na relação dos batismos da igreja paroquial da Santíssima Trindade, em Stratford-upon-Avon, Inglaterra, em registro datado de 26 de abril de 1564 e escrito em latim: "*Gulielmus filius Johannes Shakspere*". (Cf. HALLIDAY, F. E. *Shakespeare*. Trad. Barbara Heliodora. Rio de Janeiro: Jorge Zahar Editor, 1990, pp. 13-4.)

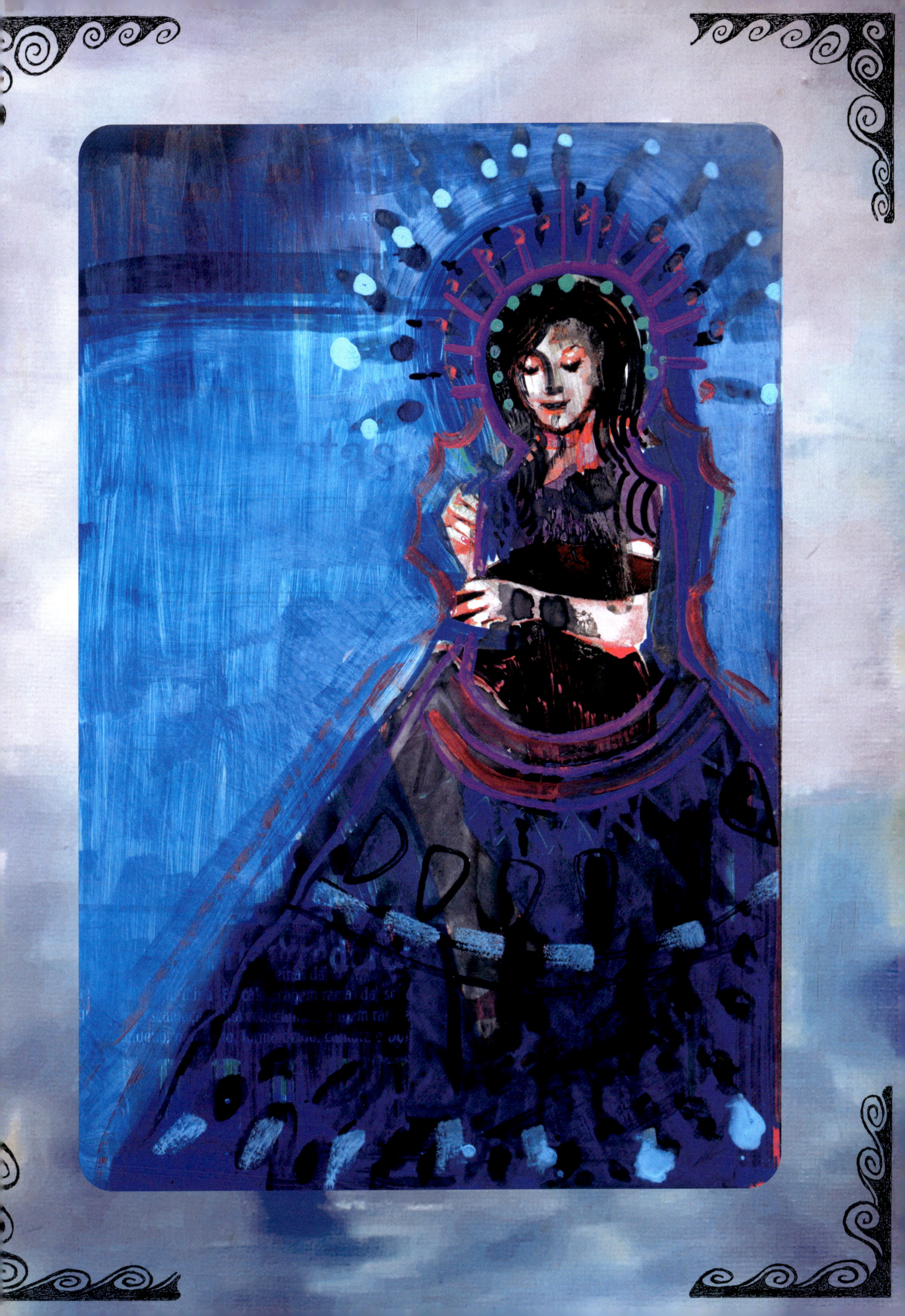

mostrando que era do fato de ser italiano que decorria o interesse de Shakespeare pelos temas italianos, como acontece com *Romeu e Julieta*, com *Otelo, o Mouro de Veneza* etc.

Shakespeare era inglês

Acontece, porém, que eu não sou dessas coisas, e prefiro dizer a verdade. Não tendo mania de grandeza, não me sinto insultado e diminuído pela existência dos grandes, de modo que não tenho dificuldade nenhuma em enxergar o fato de que Shakespeare existiu e foi o autor de suas peças.

Para nos convencermos disto, basta examinar um ou dois fatos. Está provado, por exemplo, que, no tempo em que apareceram as peças shakespearianas — algumas delas editadas ainda em vida do autor —, existiu um homem, na Inglaterra, chamado William Shakespeare. Este homem, ao chegar a Londres, começou a trabalhar em teatros, a princípio executando tarefas subalternas. Depois, foi ator. Ainda depois, revelando jeito para Literatura, foi encarregado de "modificar" as peças dos outros, a fim de adaptá-las às necessidades da companhia de teatro em que trabalhava. Foi assim que começou sua carreira de autor teatral. Pegava as peças do repertório popular e tradicional de seu tempo e cortava aqui, acrescentava ali, introduzia dois ou três personagens, retirava três ou quatro outros; e assim, aos poucos, terminou escrevendo suas próprias obras, a partir, quase sempre, de textos alheios. É por isso que, em alguns casos, ainda restam, em algumas de suas peças, inúmeros versos dos outros: eram os versos dos quais ele gostava e que não achava necessário substituir. É por isso, também, que seu *Hamlet* é a quarta ou quinta peça escrita sobre o mesmo tema, em seu tempo. O que acontece, porém — e nisso os críticos não falam —, é que só se fala, hoje, nos "Hamlets" anteriores, por causa do dele.

Homero, Shakespeare e eu

Agora, tenho que mudar um pouco de tom, porque eu pensava em escrever estes meus comentários num tom de simples brincadeira; depois, empolgado pela admiração que tenho por Homero e Shakespeare, terminei falando a sério. Agora, estou em dificuldades para dizer o que queria, porque, sem esclarecer bem as coisas, tudo pode terminar numa intolerável pretensão — a de querer, eu, me colocar num nível pelo menos longinquamente próximo a dois dos maiores gênios da Humanidade, o que seria legítimo em Quaderna,[11] mas profundamente ridículo em mim. Fique, portanto, desde logo claro, que o que vou dizer agora nem de longe supõe essa pretensão.

Vendo que, depois da morte dos escritores, os eruditos recorrem frequentemente aos documentos para provar os fatos de sua vida, ando meio preocupado com as contradições de documentos oficiais sobre minha identidade. Esclareço então, desde agora, para evitar dúvidas futuras, que me chamo Ariano Suassuna. Moro, em Taperoá, numa casa sertaneja, chamada a "Casa-Forte da Malhada-Suassuna", situada na data da "Carnaúba". No Recife, moro na casa nº 328 da Rua do Chacon, no bairro de Casa Forte. Sou o autor de *A Pedra do Reino* e do *Auto da Compadecida*, e meu nome, mesmo, é Ariano Suassuna, apesar de que, na Prefeitura do Recife, eu seja chamado, pelos documentos oficiais, de Amaro V. Suassuna. No Saneamento, meu nome é Manoel Alves Maia, e, na Celpe,[12] Isaac David de Souza. Esclarecido tudo isto, espero que, mais adiante, os eruditos que forem fazer a história da literatura paraibana não neguem a autoria de meus trabalhos ao filho de João Suassuna e Dona Ritinha, para atribuí-los a esses cidadãos, dos quais um não existe, o outro já morreu e o terceiro é meu amigo, mas juro que não fez parte nenhuma do meu modesto, mas meu, trabalho de escritor.

11_Pedro Dinis Quaderna, o megalomaníaco narrador do *Romance d'A Pedra do Reino*, pretende conquistar os títulos de "Gênio da Raça Brasileira" e "Gênio Máximo da Humanidade".

12_Companhia Energética de Pernambuco.

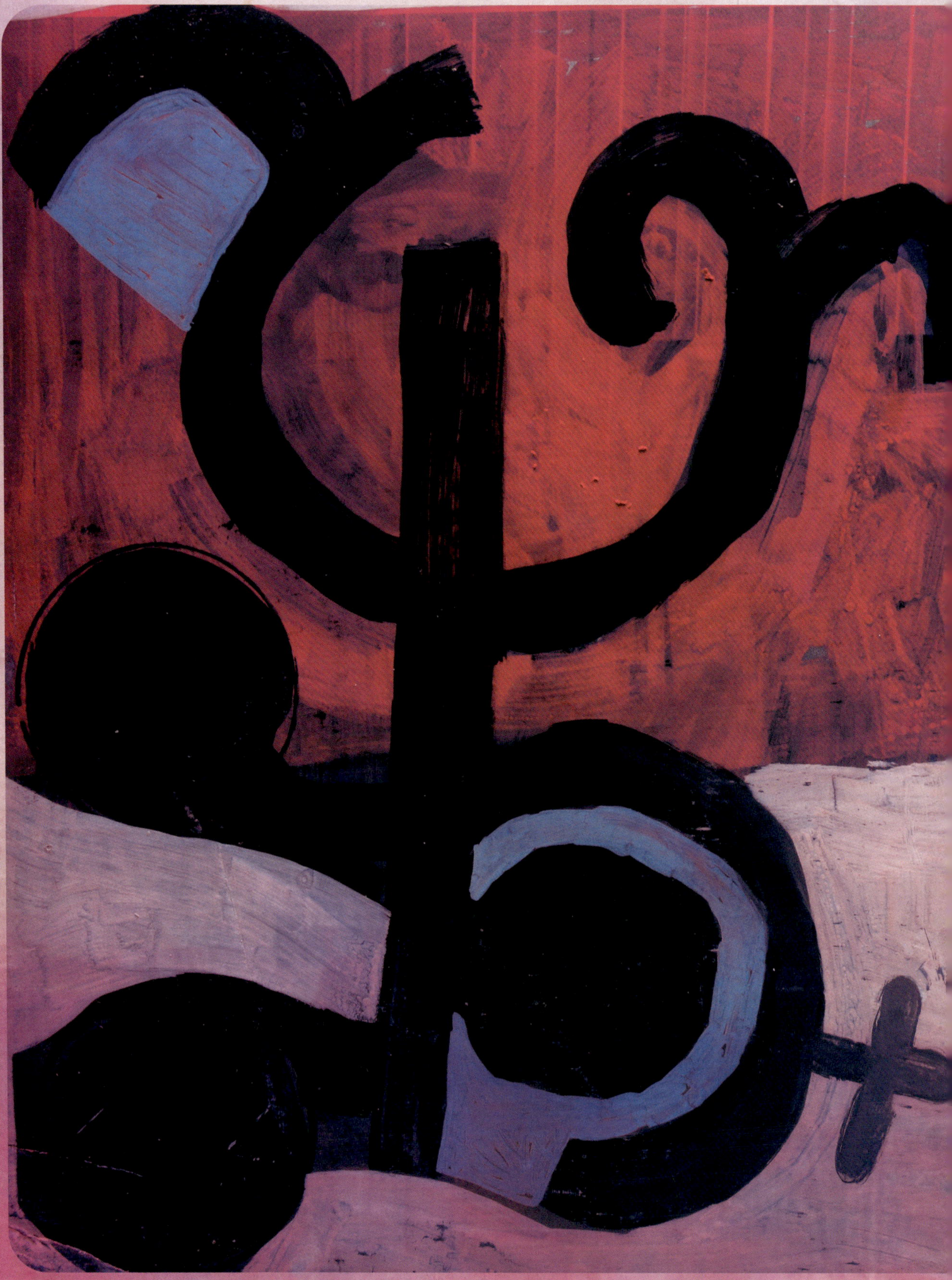

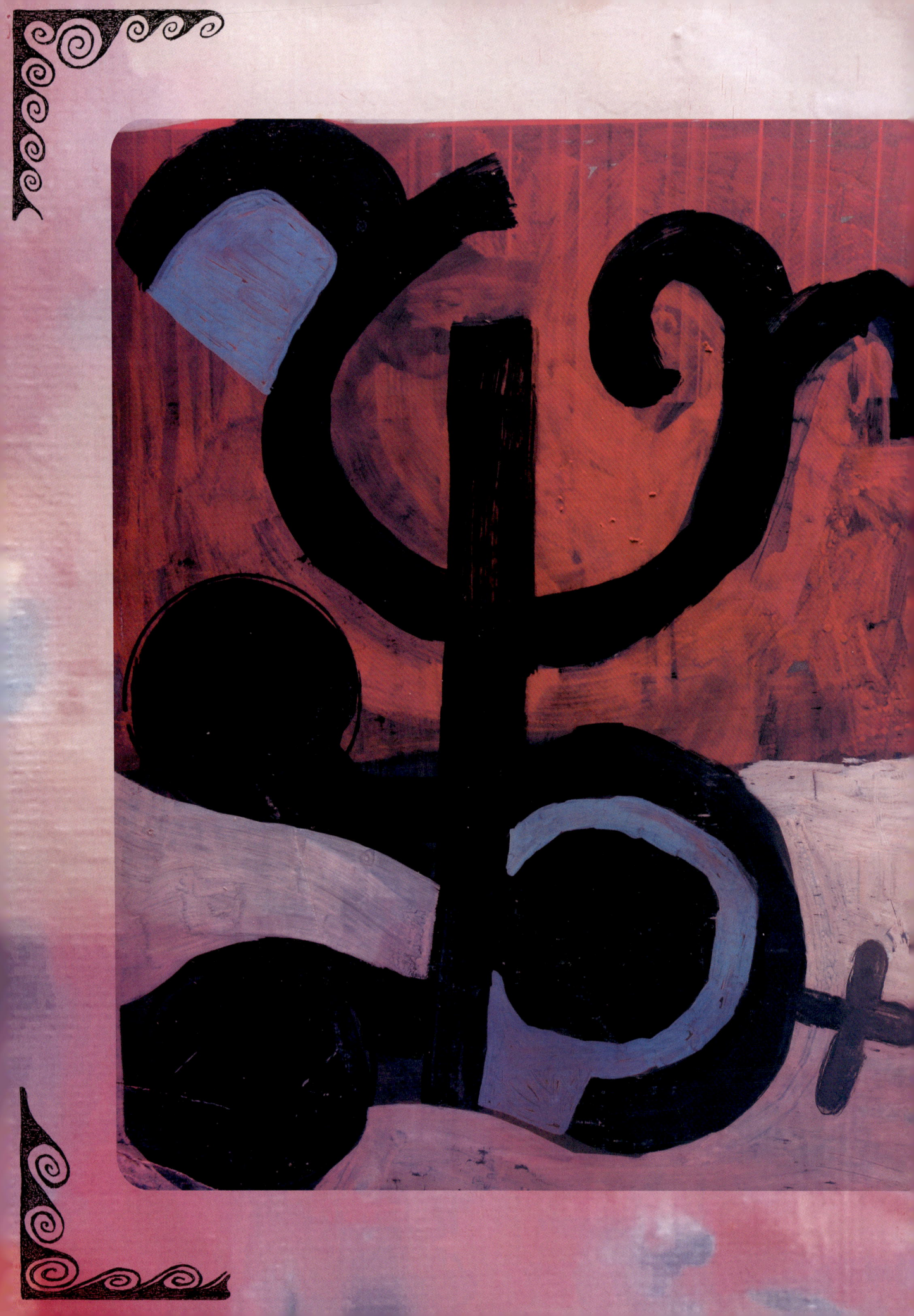

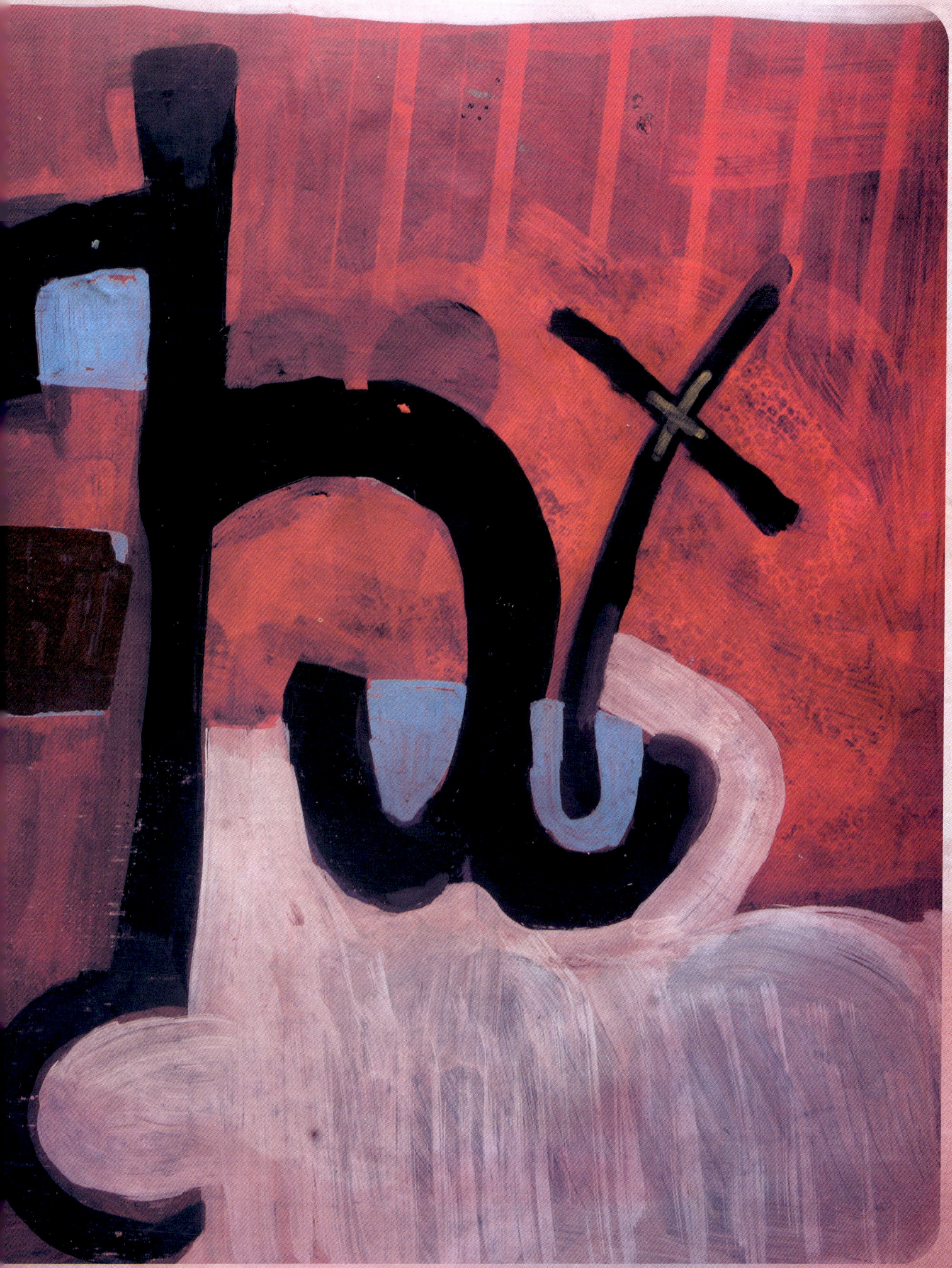

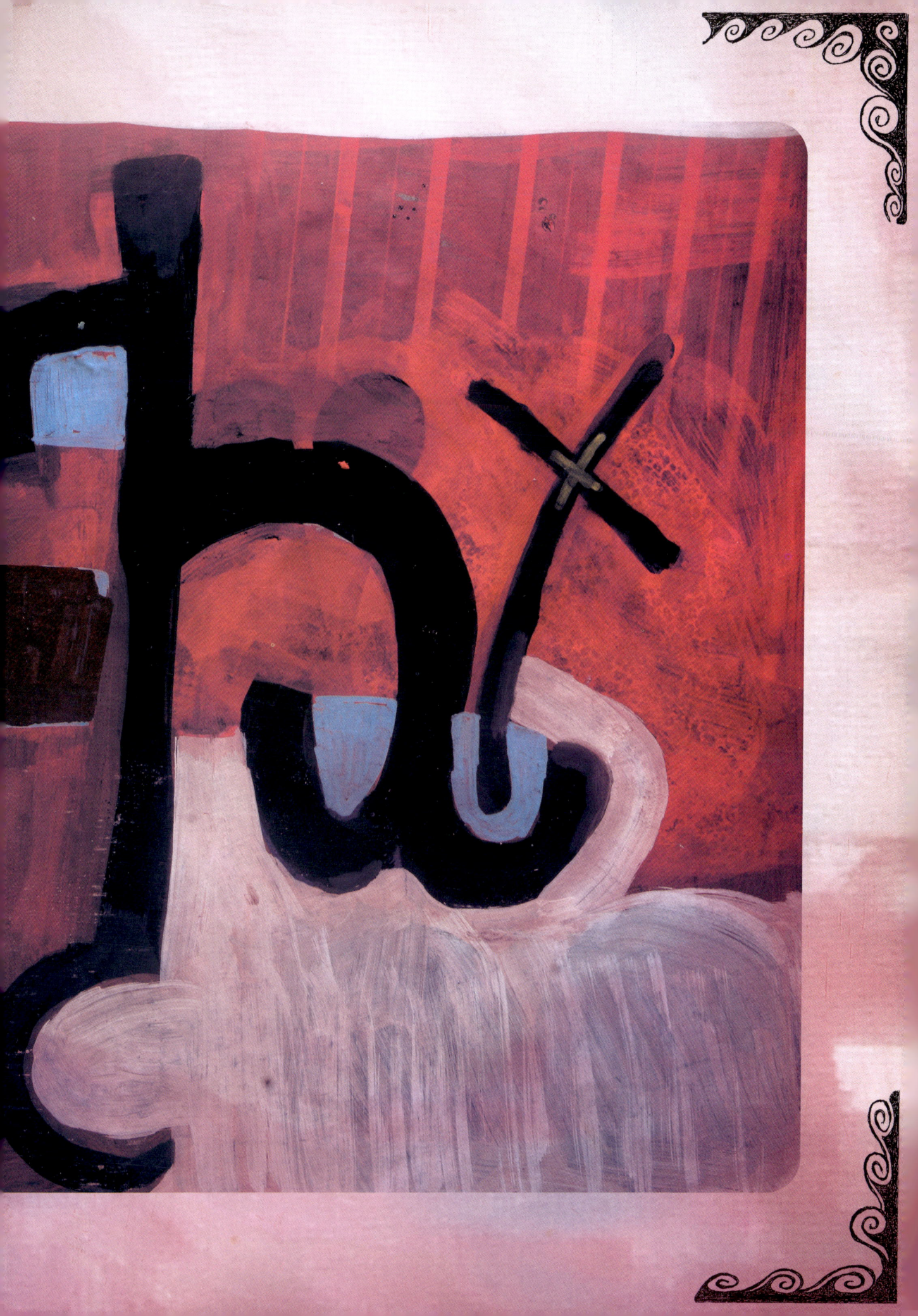

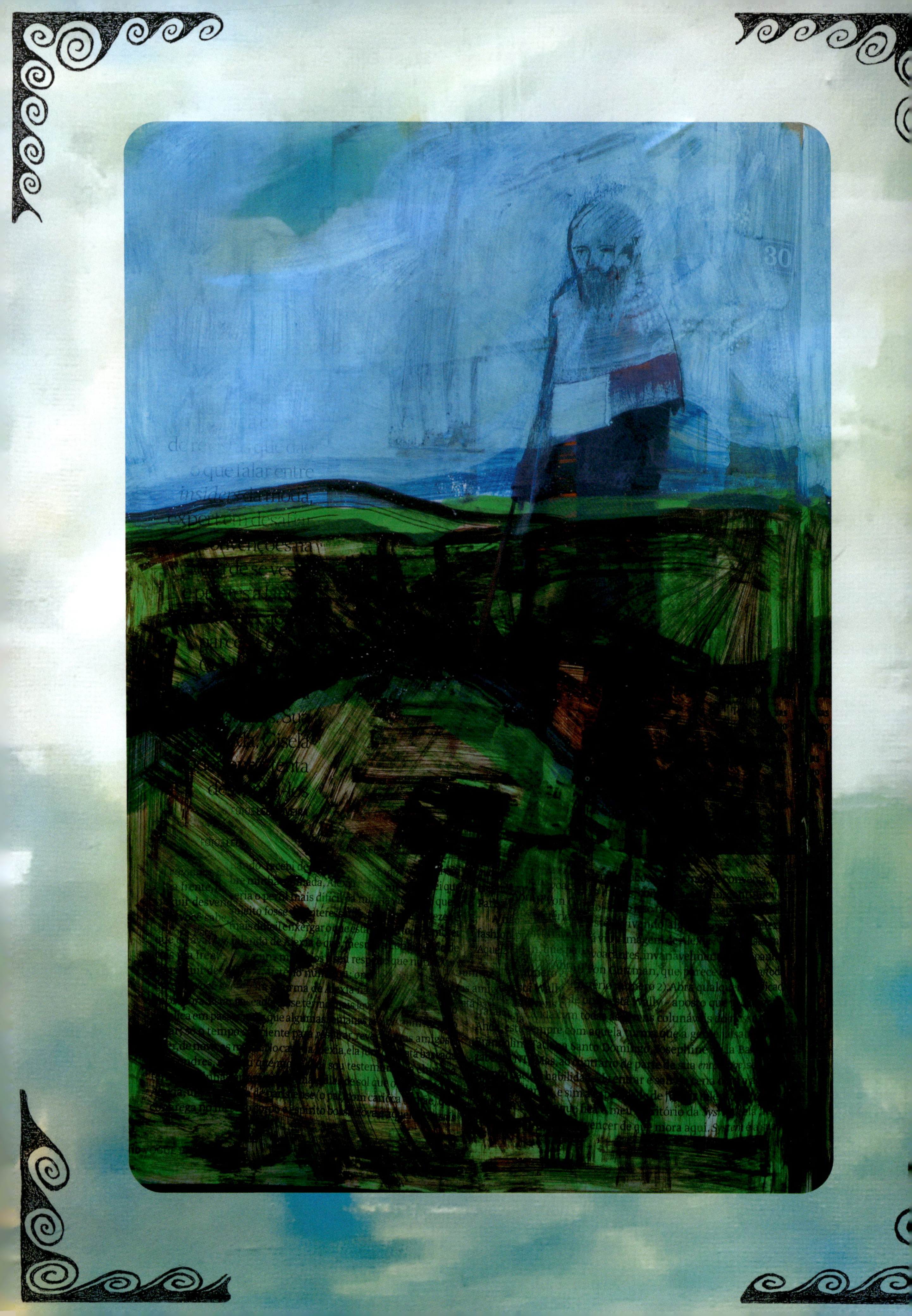

O curandeiro sertanejo

Contam que um sujeito que viveu por Taperoá, aí por volta de 1934 mais ou menos, era curandeiro, astrólogo e raizeiro de mérito. Um dia, foi procurado por uma sertaneja, cujo marido estava gravemente enfermo. A mulher lhe pedia que ele fosse lá, fazer um exame no marido dela, e, se fosse o caso, passar um remédio qualquer que salvasse o doente.

O curandeiro foi à casa da mulher, e examinou o homem, demoradamente. Ao cabo de uns quarenta minutos, estava com o diagnóstico firmado:

— É estopô-badoque, não tem pra onde!
— É grave? — perguntou a mulher, aflita.
— É gravíssimo! Mas a senhora me pague a consulta, que eu dou um remédio a ele!

A garrafada

A mulher pagou ao curandeiro que, em troca, deu a ela uma garrafinha, onde havia uma infusão de ervas diversas, numa receita conhecida somente por ele. Ela perguntou:

— Como é que o remédio deve ser dado?

O curandeiro explicou:

— A senhora dá a ele uma colher de sopa dessa garrafada, duas vezes por dia, uma de manhã, em jejum, e outra de noite, antes de dormir, durante três dias. No quarto dia, pela manhã, vá à minha casa me dar notícias do homem!

A notícia

Não precisou nem esperar pelo quarto dia: na tarde do segundo dia, a mulher bateu na casa dele.

— Como vai seu marido? — indagou o curandeiro. — Está melhor?
— Não senhor, morreu! — disse a mulher.

O curandeiro passou a mão no bigode quadrado e comentou, grave:

— É, estopô-badoque não brinca com ninguém não!

A mulher, meio irritada, disse:

— Mas doutor, o senhor me falou dum jeito tão seguro, que pensei que meu marido ia escapar! O senhor falava com tanta fé no remédio!
— E tinha razão! — disse o curandeiro, enfático. — Eu falava com aquela confiança porque o remédio é bom mesmo!
— Mas meu marido tomou a garrafada e morreu! — tornou a mulher já com raiva.

E o curandeiro, sereno:

— Morreu, mas eu posso garantir à senhora que ele morreu muito aliviado, muito melhorado!

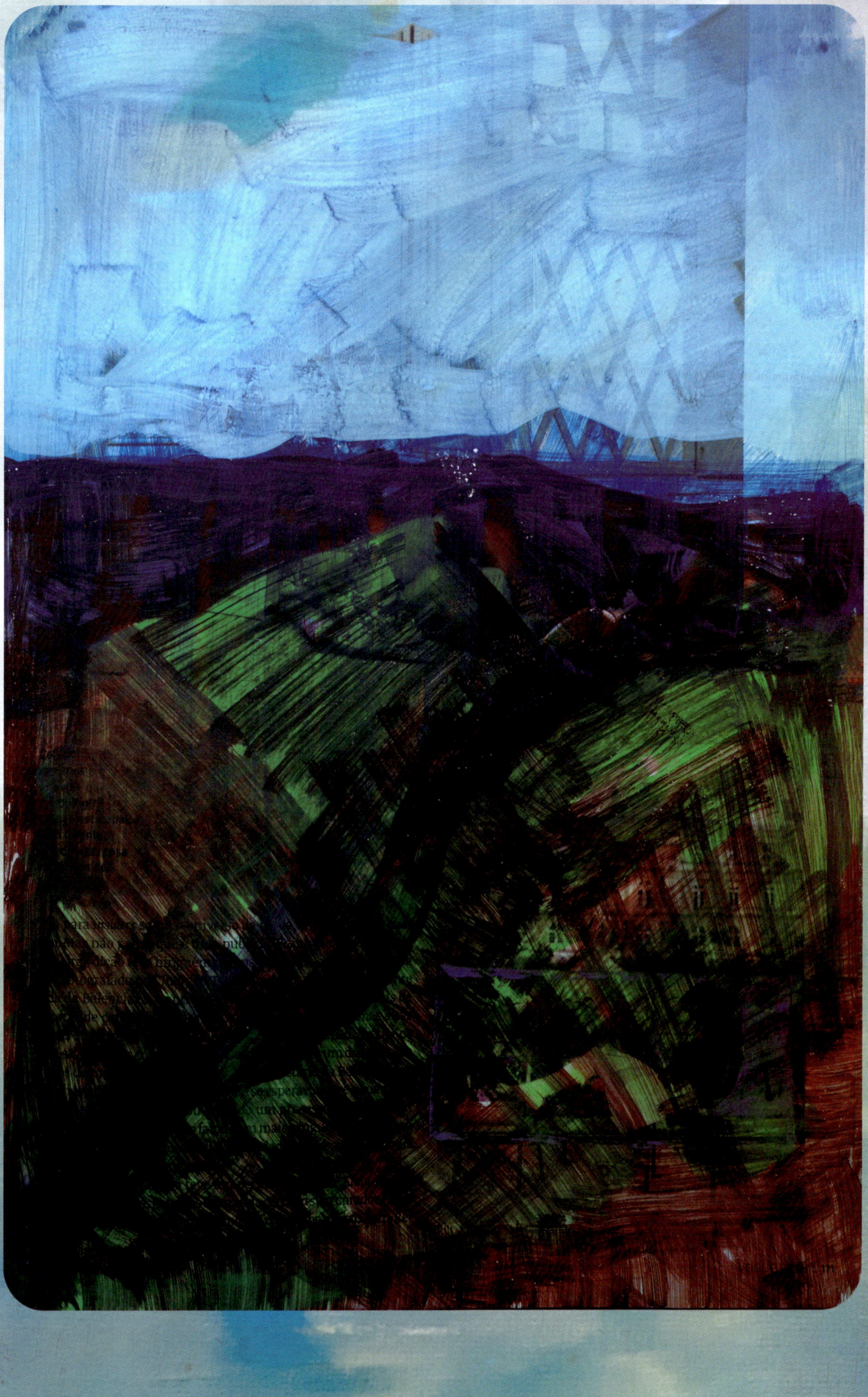

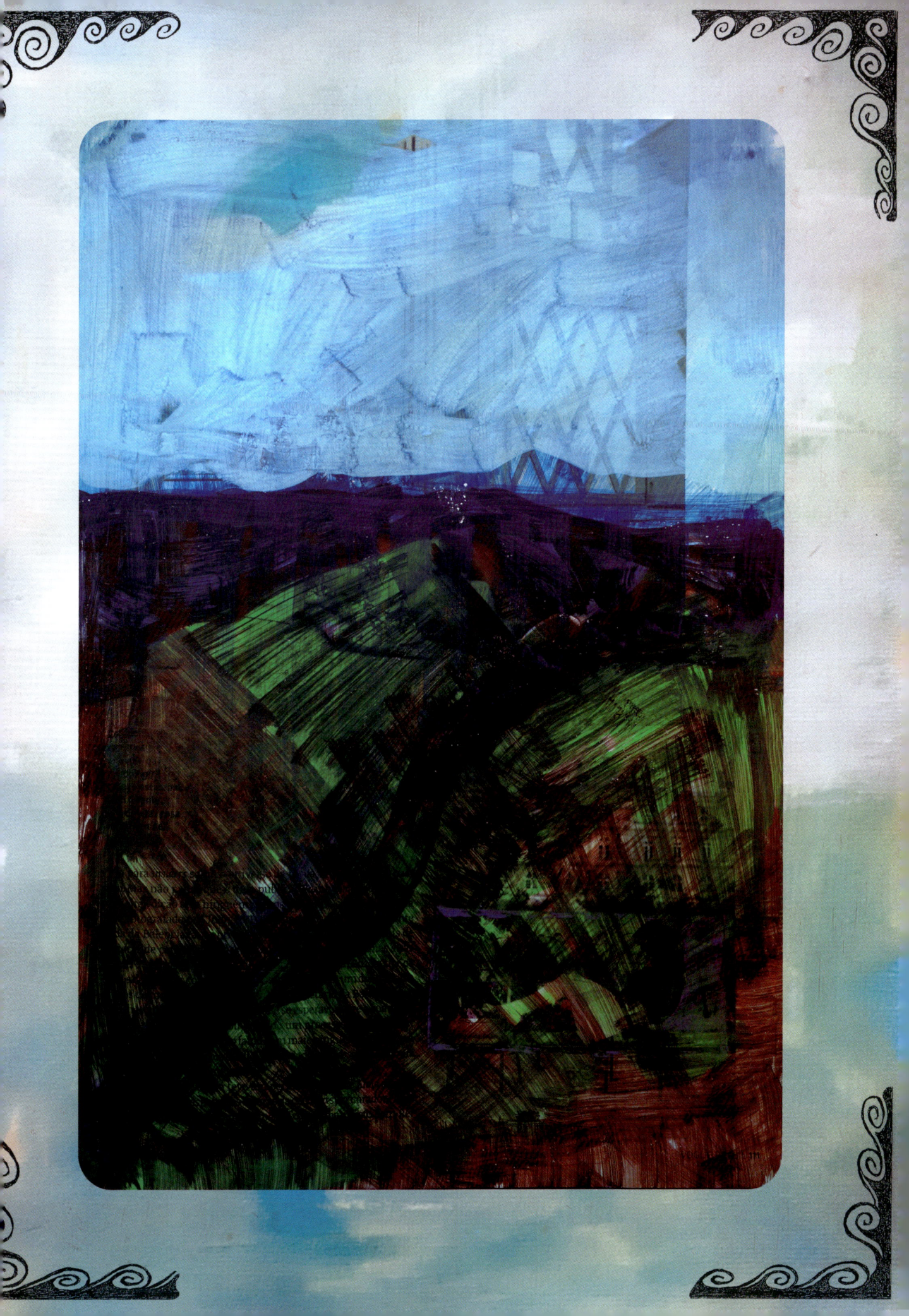

A CIDADE E O SERTÃO

Ah, meus amigos! Não é que eu queira apresentar o Sertão como um lugar idílico, nem ressuscitar as pastorais e éclogas virgilianas, com vaqueiros idealizados e cabreiros filósofos e líricos, não! Mas, de fato, cada vez que me acontece passar uns dias no Sertão, como cabreiro,[13] eu sinto — não com a cabeça, mas com o sangue, que não se engana! — que existe algo de monstruoso e doentio nas cidades grandes. E, de todos os que vivem nas cidades, talvez os chamados "intelectuais" sejam os mais doentios e monstruosos. Parece que o contato com a terra, com as pedras, com a vegetação, com as águas, com os animais, é uma necessidade natural do homem que, ficando fora disso, vê crescer no seu interior verdadeiras parasitas, doentias e esverdeadas, que o Sol do campo aberto mata, devolvendo-nos a saúde. Não é, assim, por uma afetação literária que eu gosto do Mar, da Mata, do Agreste e do Sertão; é que, fora daí, eu me sinto adoecer moralmente e fisicamente, vivendo em torno de problemas artificiais, de vaidades despropositadas e feridas, de ressentimentos desnecessários, de intrigas tecidas em torno do nada, numa espécie de inferno mesquinho, tanto mais terrível porque é inútil e criado com problemas inteiramente artificiais, inexistentes. Creio que era a isso que Eça de Queiroz queria se referir, e é por isso que, talvez de todos os seus romances, *A Cidade e as Serras* é aquele ao qual volto mais frequentemente. No Sertão, os problemas são outros, são os elementares e fundamentais, aqueles que são ligados à natureza primordial do homem. Ninguém está interessado, lá, em saber se o governo caiu ou não caiu na Argentina, se houve ou não um escândalo em Washington, se no jornal tal ou na revista tal saiu, ou não, uma entrevista em que Fulano ou Sicrano falou bem ou mal de nós.

Começa que, lá, ninguém sabe onde é Washington, ninguém sabe quem é Fulano nem Sicrano. Lá, o que interessa saber é se a pessoa está viva ou morta, se o ano é bom de chuva ou não, se existe comida para comer ou não, casa para morar ou não, se nossa mulher nos ama ou não, se a cobra mordeu ou não mordeu uma vaca, se a cabra que pariu, pariu bem ou mal,

[13] Ariano Suassuna foi criador de cabras em Taperoá, Paraíba, em sociedade com seu primo Manoel Dantas Vilar Filho, o "Manelito" (1937-2020). Em 1973, investiu todo o dinheiro do prêmio que recebera pelo *Romance d'A Pedra do Reino* (Prêmio Nacional de Ficção do INL/MEC, 1972) na criação, cujo plantel acabou se tornando referência para a caprinocultura brasileira.

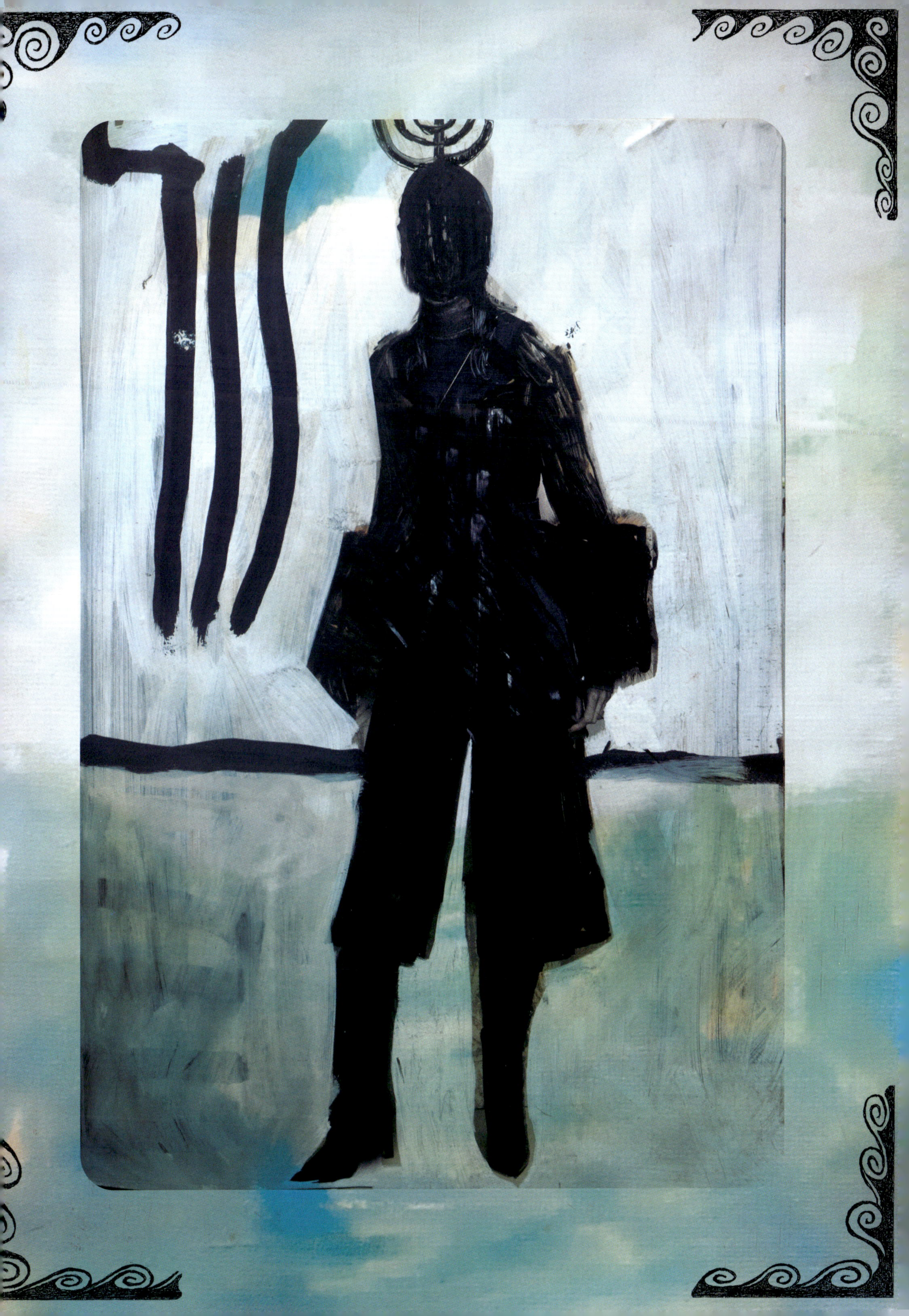

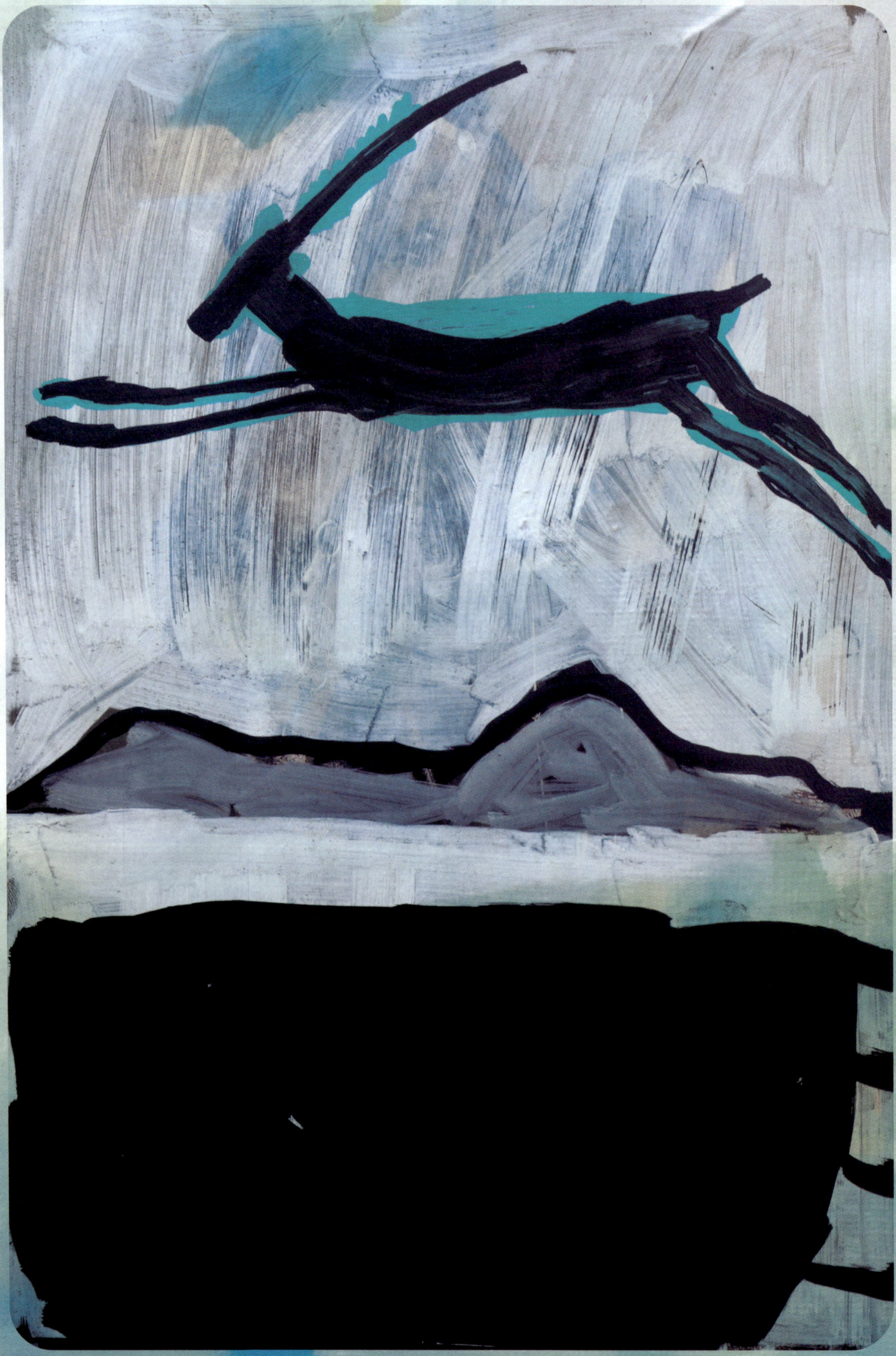

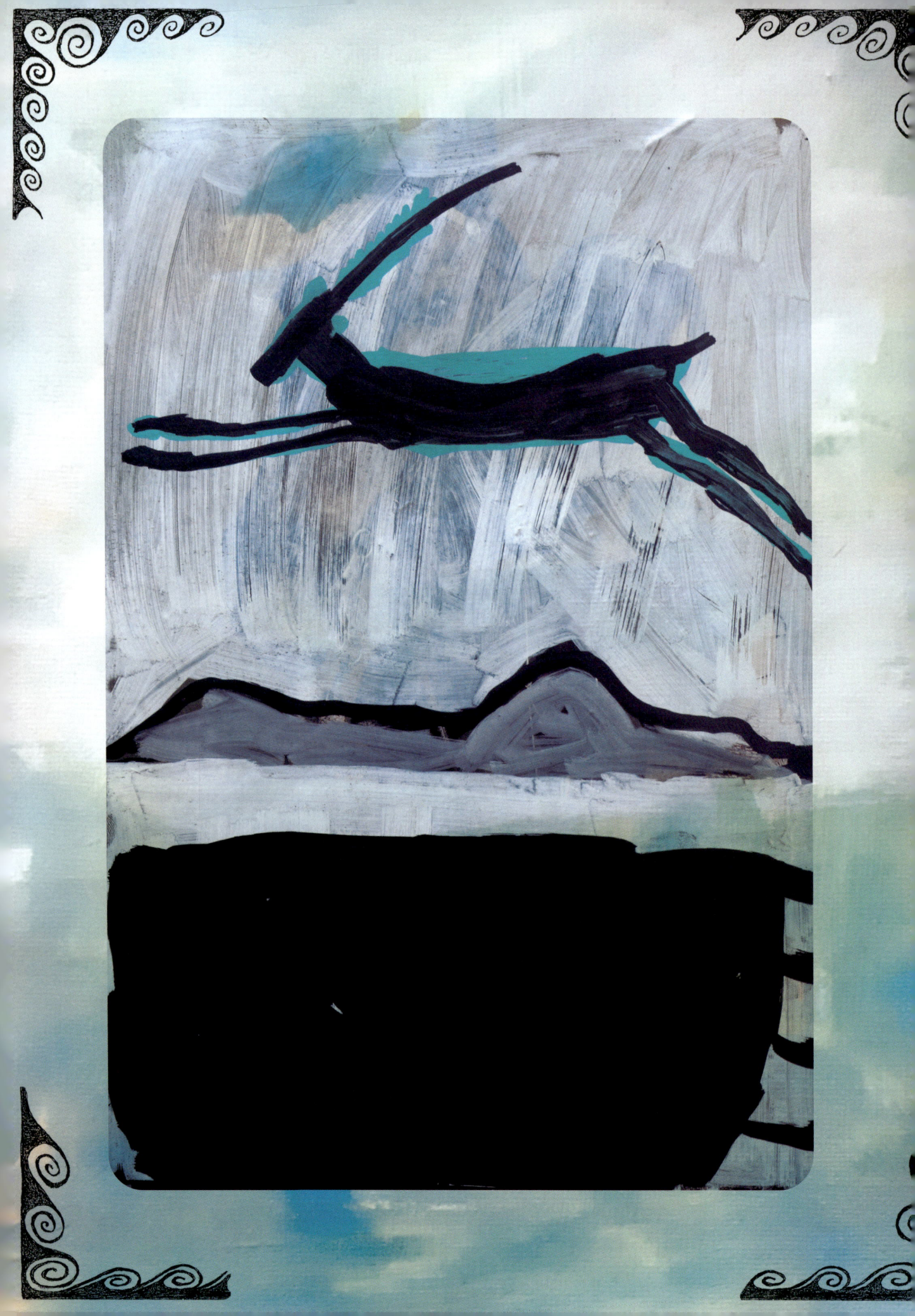

se foi um cabrito ou um casal, se os dois foram machos ou fêmeas, se o ano vai ter boa safra de algodão ou se a lavoura do feijão e do milho foi ou não estragada pela lagarta.

Primeira história de cabreiros

Pois bem: apesar de eu ter acabado de afirmar que não quero inventar vaqueiros idílicos nem cabreiros filósofos, quero contar, aqui, duas histórias, dois bons comentários, pelo menos, que ouvi agora em Taperoá durante o mês de julho.

O primeiro foi feito por um primo meu, Luís Vilar. O tio dele, Sandoval Vilar, é um homem muito bom, mas muito pessimista. Chegou, um dia, no chiqueiro onde estávamos dando injeções contra vermes nas cabras e começou a conversar, achando que a criação de bodes era uma temeridade, que não dava certo.

Veio, primeiro, com a história de que os bodes passavam para os roçados dos vizinhos. Objetamos que as cercas da fazenda de meus primos (onde estão se criando nossas cabras) estavam, todas, sendo reparadas, de modo a evitar isso. Mas ele teimou:

— Cercas? Os bodes passam por todas!

Meu primo Manoel respondeu:

— Por todas, não! Se a cerca for de faxina, com as varas implantadas verticalmente, os bodes não passam não!
— Mas as varas apodrecem logo e caem! — teimava Sandoval. — E depois tem mais uma coisa: na criação de bodes, o pior de tudo é o furto! Vão furtar as cabras de uma por uma!

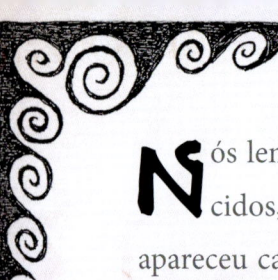

Nós lembramos que, em Taperoá, não havia casos, pelo menos conhecidos, de ladrões de bodes, dizendo que, até agora pelo menos, "não apareceu caso nenhum de cabra desaparecida". Mas nosso primo Sandoval Vilar mantinha-se renitente, botando defeito em tudo e, sem querer, não por maldade (mas por ser, aquilo, uma disposição entranhada em sua própria natureza), já estava nos instilando um bocado do seu pessimismo.

Foi quando seu sobrinho e primo meu, Luís Vilar, interveio, com sua fala mansa, grave e descansada de gigante bom (ele é de estatura alta e forte, e muito boa pessoa). Disse:

— Vocês não desanimem não! A criação vai dar certo! Eu, por mim, com a experiência que tenho, sou muito entusiasmado com bode! Tio Sandoval fala assim, mas é porque ele é desse tipo de pessoa que só enxerga o avesso do mundo!

Segunda história de cabreiros

Enquanto isso, nós íamos fazendo o recenseamento, batizando as fêmeas novas e castrando os cabritos machos. Estávamos sendo ajudados na tarefa por um sertanejo moço, trabalhador, disposto, morador da "Carnaúba", a fazenda de meus primos. O rapaz chama-se José Santino, e era quem estava pegando os bichos para o trabalho. De repente, a certa altura, ele pegou um cabrito macho para que meu primo Manoel o castrasse. Enquanto segurava o bicho, José Santino voltou-se para mim que, como sempre, estava no serviço mais maneiro, o de anotar, num livro, o nome das cabras novas e verificar se as antigas estavam presentes. José Santino indagou então, de mim, com aquela voz mansa de sertanejo:

— E esse d'agora, que nome vai ter?

Eu respondi:

— Nome nenhum, José Santino! Aqui, só as fêmeas é que recebem nome e registro.

José Santino coçou a cabeça e me disse com o olhar meio desviado:

— Doutor, o senhor não repare o que eu vou dizer não, mas está me dando uma vontade danada de desenterrar os pés daqui desse chiqueiro e entupir no oco do mundo! Porque eu já vi que bicho macho, aqui, é amaldiçoado: além de passar por essa desgraça, não tem direito nem às graças do batismo!

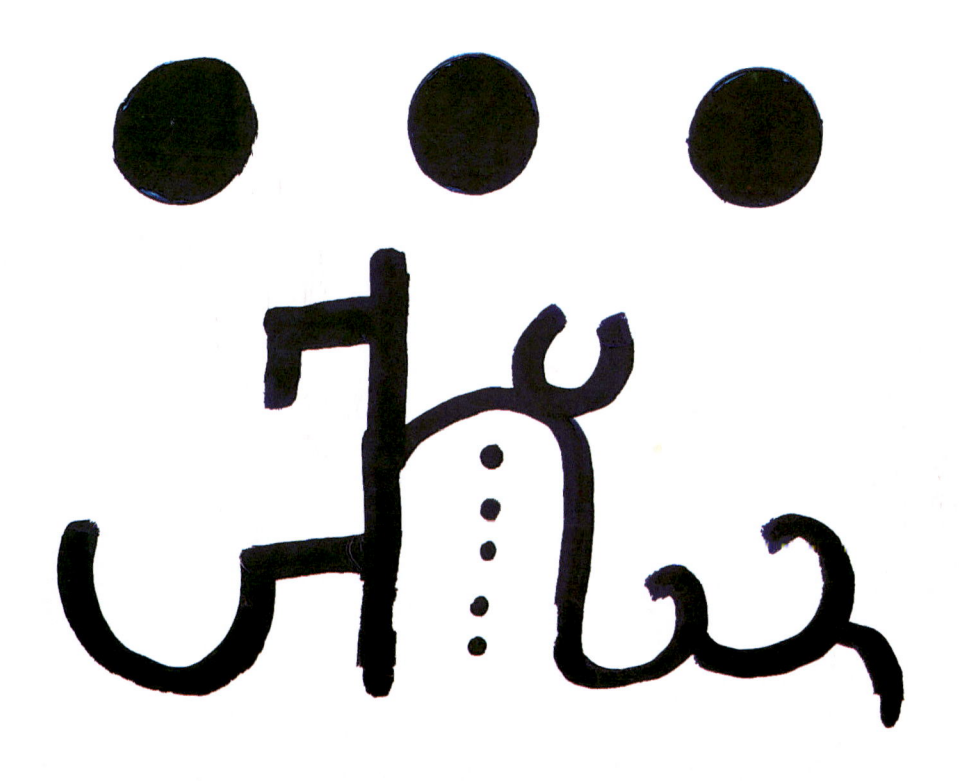

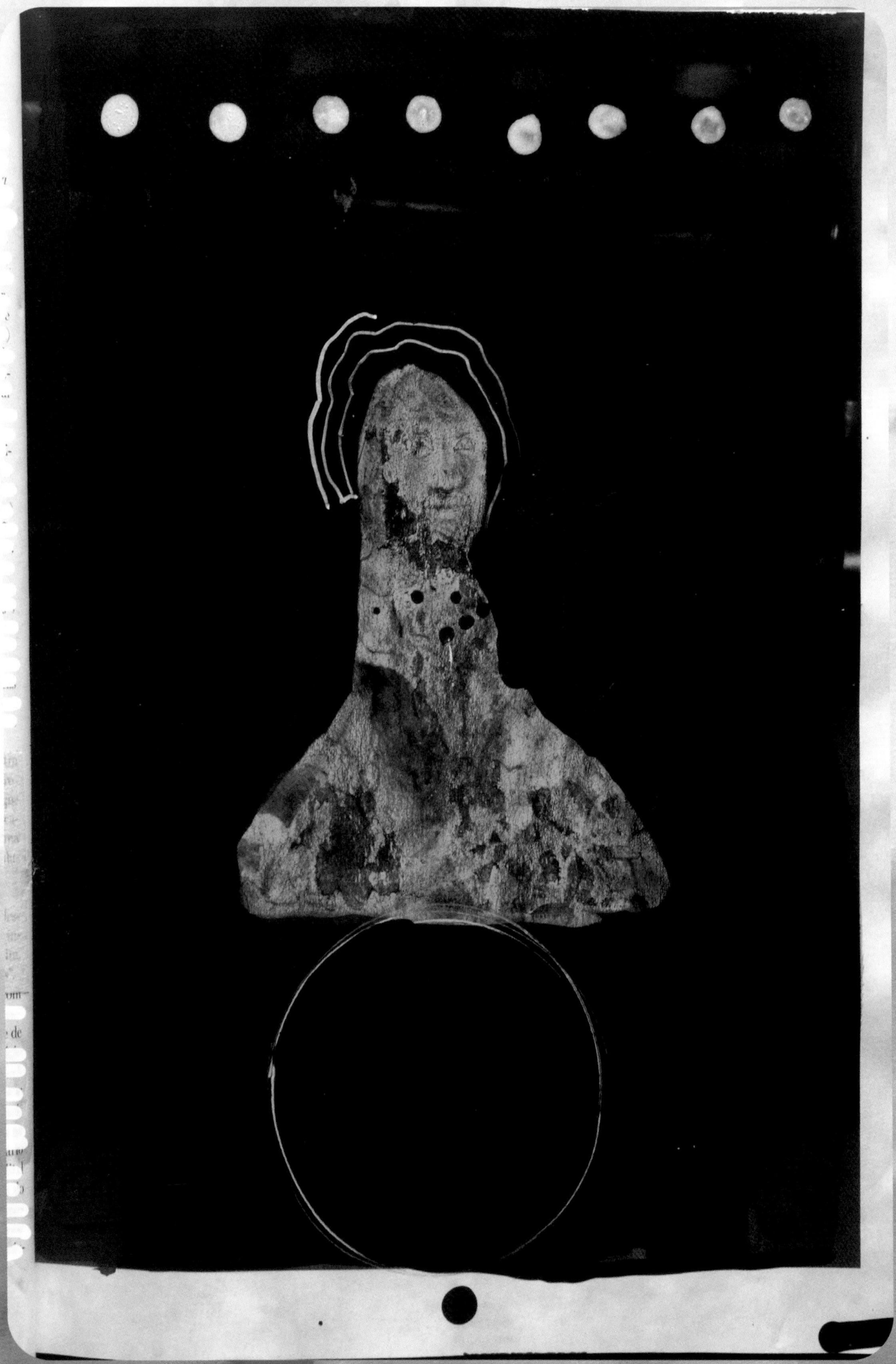

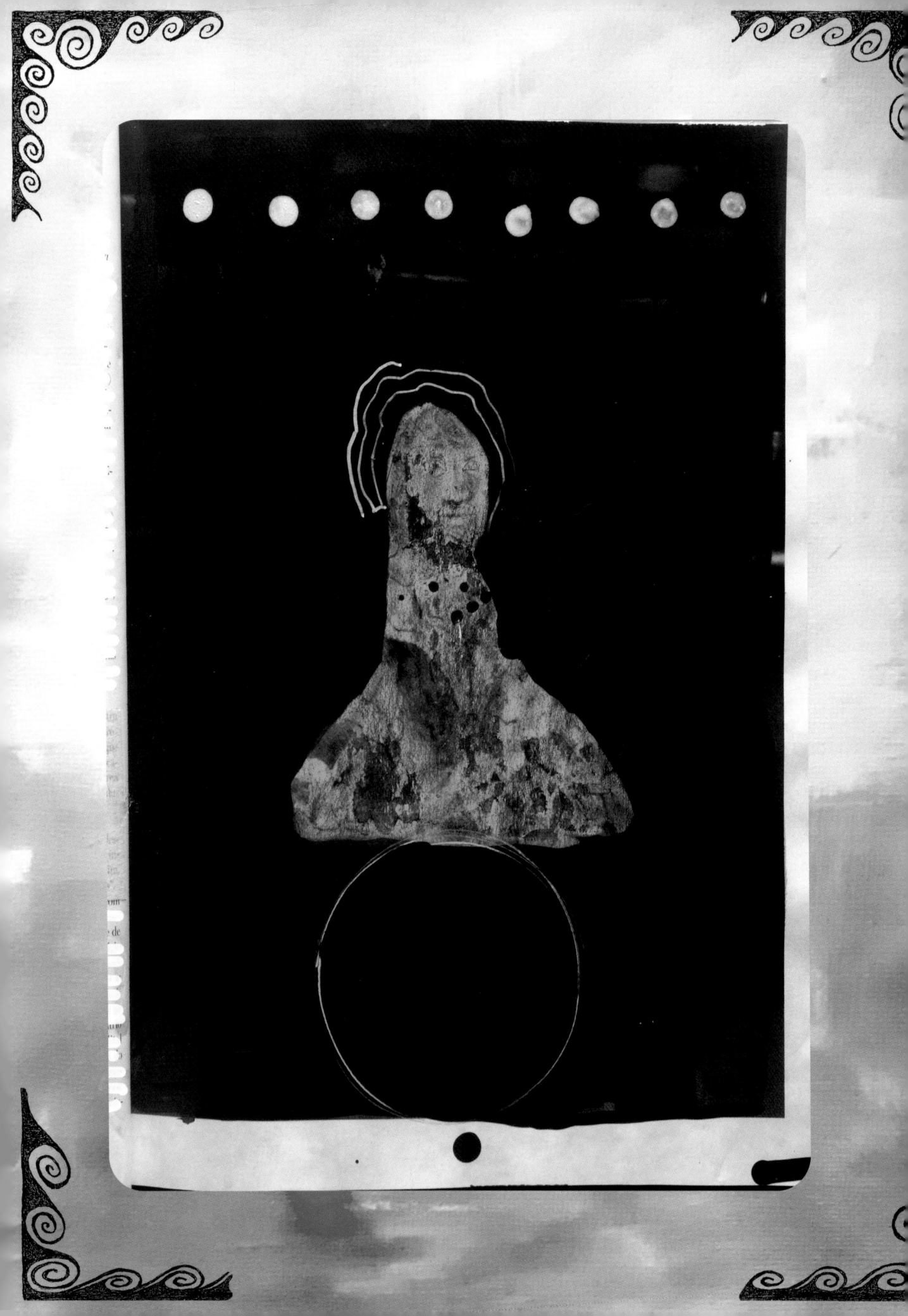

O COMERCIANTE DE TAPEROÁ

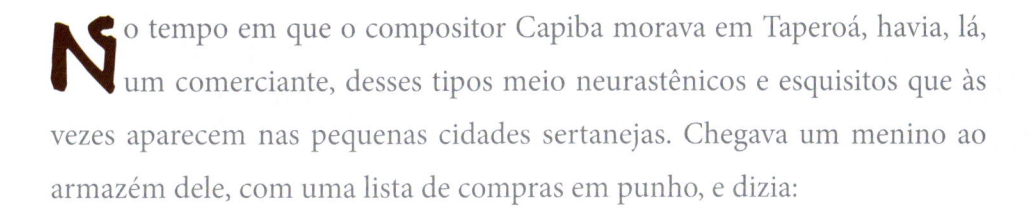

No tempo em que o compositor Capiba morava em Taperoá, havia, lá, um comerciante, desses tipos meio neurastênicos e esquisitos que às vezes aparecem nas pequenas cidades sertanejas. Chegava um menino ao armazém dele, com uma lista de compras em punho, e dizia:

— Mamãe mandou dizer que o senhor mandasse duas garrafas de vinagre...

O homem interrompia logo:

— Duas? Pra que duas? É muito! Só mando uma!

Entregava uma garrafa de vinagre ao menino, que continuava lendo na lista:

— Três tranças de cebola...
— Três? É demais! Pra que tanta cebola numa casa só? Vão duas!

E o diálogo continuava:

— Uma lata de querosene...
— Uma lata, inteira? Basta uma garrafa!
— Dez velas...
— Vão cinco!

Eassim por diante. E então, voltando-se para as pessoas que estavam no armazém, o comerciante explicava os motivos pelos quais agia assim:

— Se eu mando tudo o que me pedem, termino prejudicando meu estoque! Esse pessoal quer é me dessortir, pra depois ficar falando mal do meu armazém, dizendo que, nele, não se encontra nada! Eu conheço esse povo de Taperoá! Não vai tudo não, vai tudo cortado pela metade!

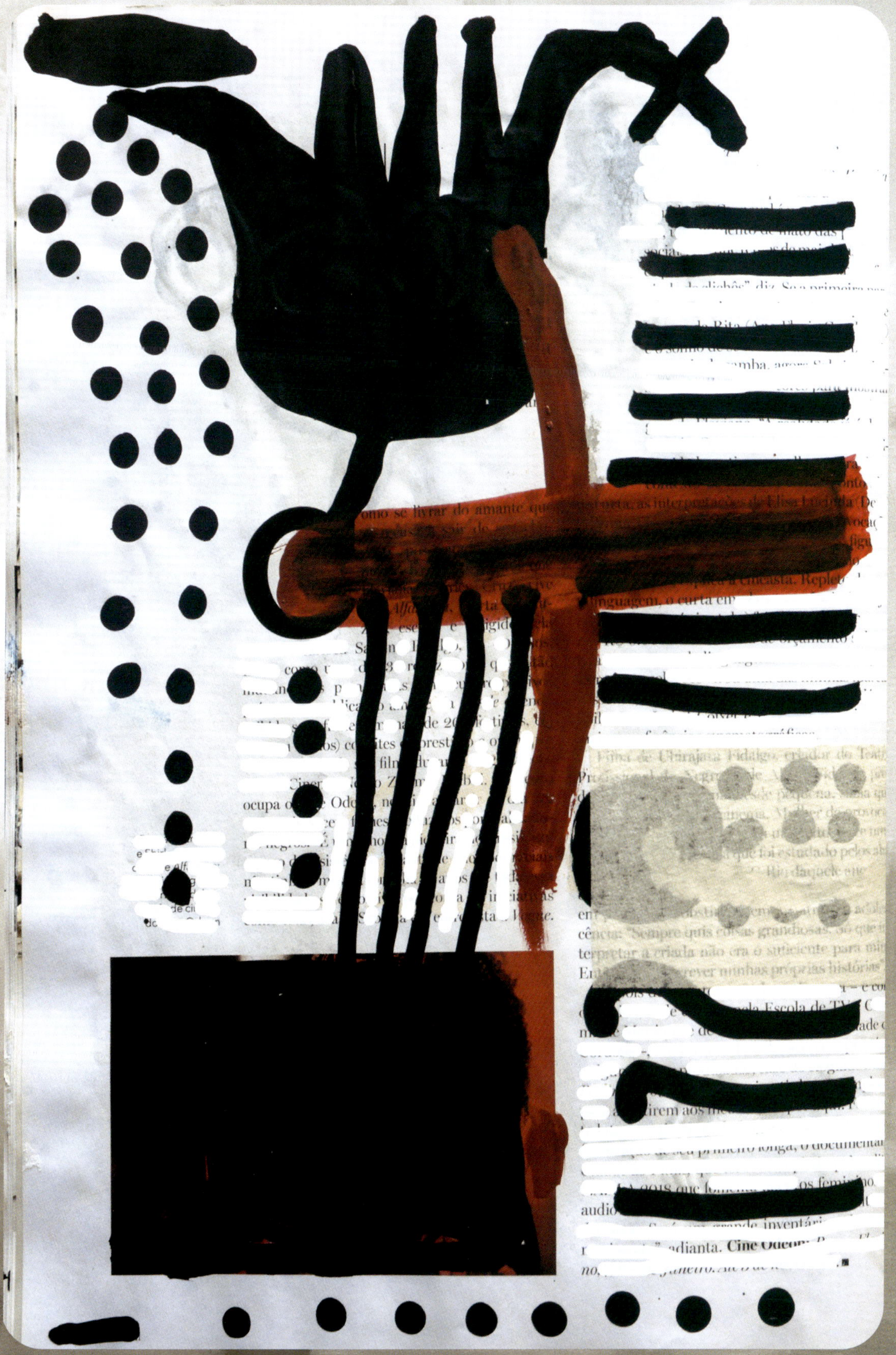

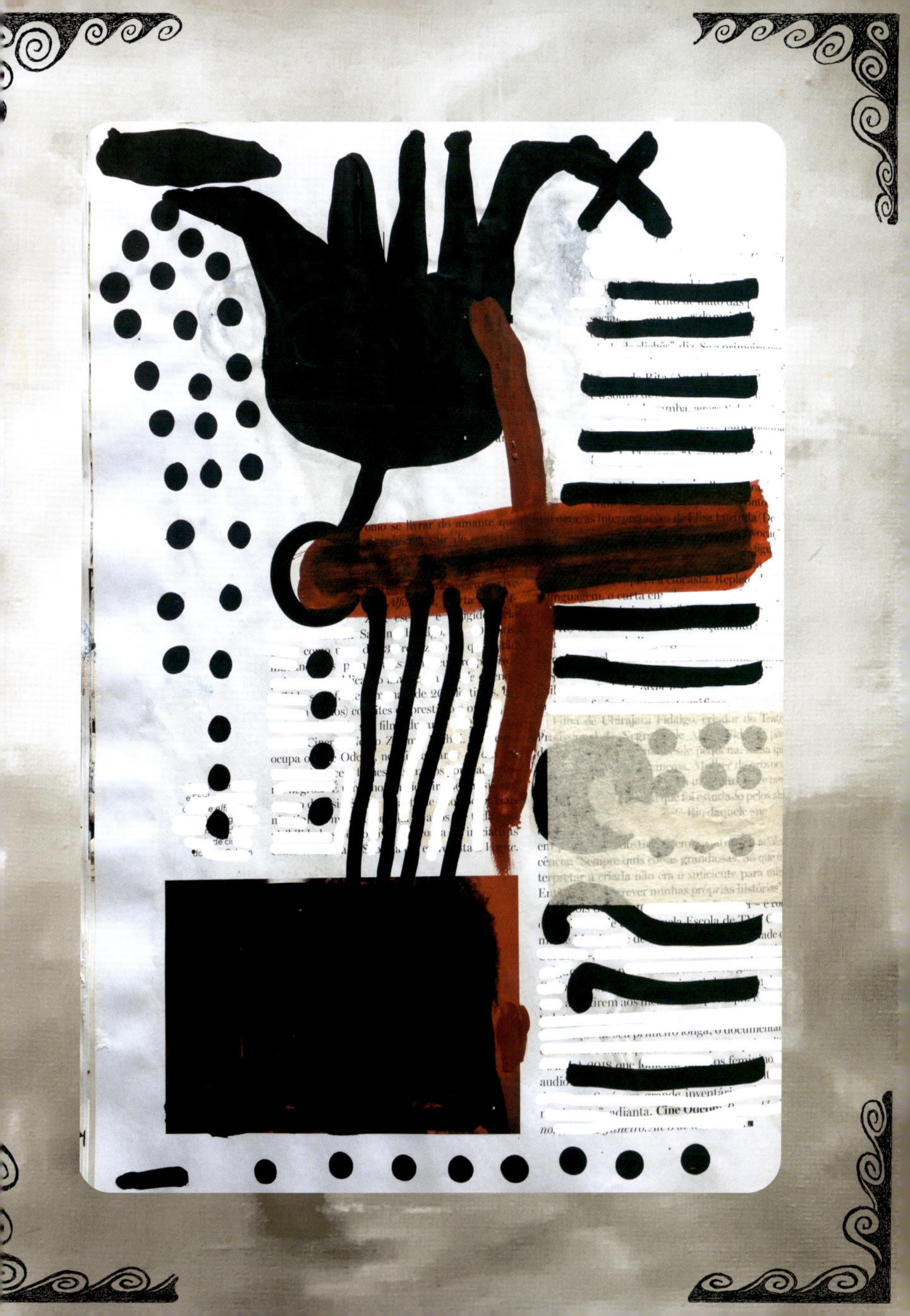

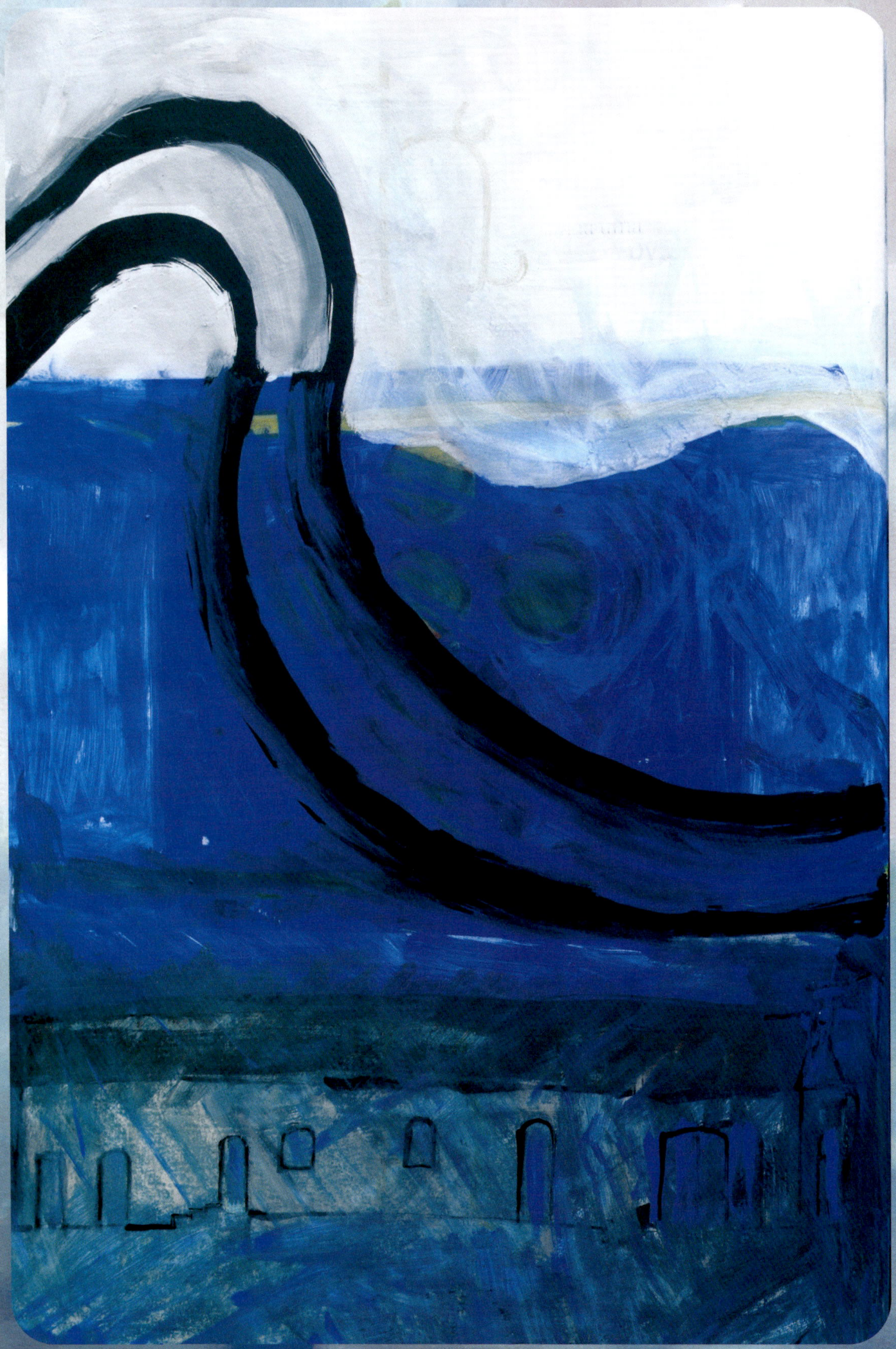

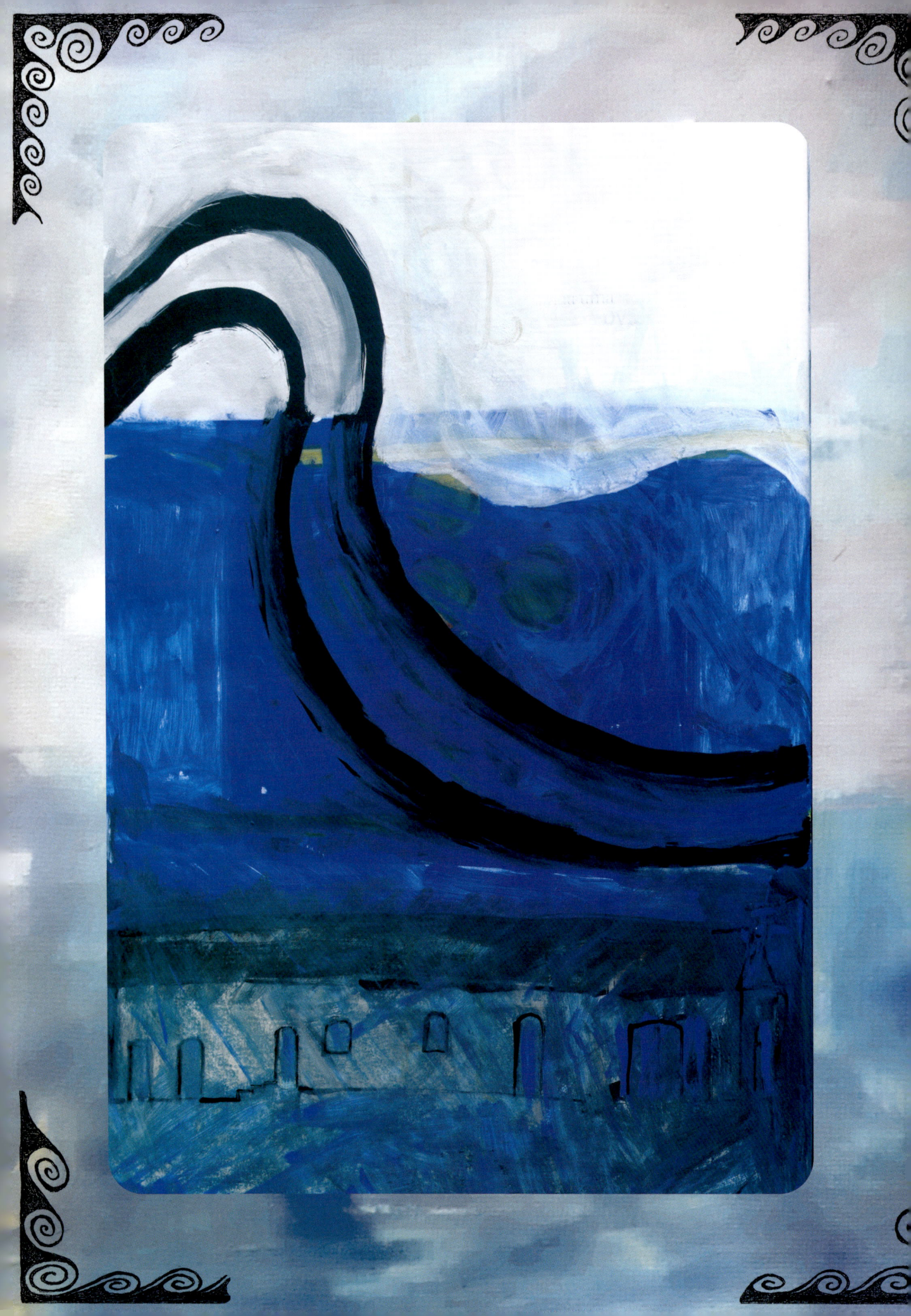

Três histórias de trem

Primeira história de trem

Creio que, para os nordestinos da minha geração, os nossos velhos trens, usados entre 1935 e 1945, terão, sempre, uma aura poética a envolvê-los. Não que fossem cômodos e limpos. Pelo contrário. Mas existia e existe em torno deles, pelo menos para mim, quase uma espécie de legenda, algo de poético e de heroico. Ninguém se engane pensando que isto é apenas literatura. Existe realmente no Nordeste, ligada aos nossos velhos trens, uma legenda, às vezes picaresca, às vezes ensanguentada e heroica. Penso nisso e lembro-me do papel decisivo dos trens na formação dos dois maiores países modernos, os Estados Unidos e a Rússia.

Quanto aos Estados Unidos, além dos inúmeros filmes épicos de faroeste nos quais o trem aparece, lembro-me de dois em que ele foi um *personagem,* e um personagem decisivo. Um foi *Matar ou Morrer,* filme no qual toda a épica preparação e o violento desenlace são dominados pela espera e pela aparição final de um trem, com apito e fumaça, surgindo sobre os dormentes de uma estrada de ferro. O outro foi *Aliança de Aço,* uma história que mostrava a luta e o sangue desencadeados por aqueles personagens, implacáveis e cruéis, mas não sem grandeza, que cortaram o imenso país americano com as estradas de ferro transcontinentais, ligando o Atlântico ao Pacífico. Quando eu era adolescente, sentia dificuldade em identificar o "tempo de ação" em que sucediam os acontecimentos dos filmes de faroeste. Menino sertanejo, via usados nos filmes americanos os tipos, os costumes e as locomotivas que conhecia no Sertão de 1940. Por isso, julgava que os filmes de faroeste narravam acontecimentos contemporâneos meus. Foi um dos meus irmãos mais velhos, João, quem me revelou que tudo aquilo sucedia no século XIX, esclarecendo que os trens em que eu viajava, naqueles anos de 1942 ou 1943, já estavam há muito tempo abandonados nos países ricos, onde eram objetos de Museu.

Quanto à Rússia, lembro-me da primeira referência que ouvi na minha vida à grande estrada Transiberiana, que, segundo o compêndio escolar, "ligava Moscou a Vladivostok". Foi entre 1938 e 1942, quando eu estudava no Colégio Americano Batista, do Recife, numa aula de Geografia, dada pelo professor José Alfredo de Menezes. Mas, como acontece com aquelas coisas que a gente aprende "de cabeça", essa estrada era, para mim, um nome, abstrato e sem vida. Eu me limitava a olhar, no mapa, aquela vastidão russa, e imaginava quanto não devia demorar uma viagem de trem pela Transiberiana. Ali, no Colégio, eu passava boa parte do tempo sonhando com o dia em que teria o direito de voltar, de trem, para casa. Viera estudar em 1937, interno, com dez anos de idade; e, principalmente durante os dois primeiros anos de internato, não era raro eu acordar, de madrugada, na cama do dormitório do internato, com lágrimas nos olhos: é que despertara com o apito do trem soando na madrugada. Aquele apito parecia acentuar a solidão e a saudade de casa, lembrando-me que, ali, eu estava preso e exilado, e que, noutro lugar — para onde eu deveria ir de trem —, estavam me esperando as pessoas e os lugares amados, dos quais eu fora apartado um dia, de maneira tão brusca e em tão pouca idade.

Enfim, lá um dia, chegava o momento da libertação. A alegria começava na véspera, com meu primo mais velho, Guilherme Dantas Vilar, tomando todas as providências, organizando e dirigindo tudo. Formávamos, no Colégio Americano Batista, um verdadeiro clã familiar e sertanejo. Meus irmãos Lucas e Marcos já nos tinham deixado, concluindo o ginasial; mas estávamos lá, ainda internos, Guilherme, Alfredinho, Bastião, Beta, Fadoca e eu, além de alguns conterrâneos e agregados, de Taperoá e de outras cidades do Sertão paraibano. Nós obedecíamos, sem discutir, ao mais velho, Guilherme, que, inclusive, não nos deixava dormir, no dia da viagem, "com medo de perdermos o trem". Na véspera, ele costumava comprar um jogo de damas e firo, e obrigava-nos a passar a noite de olhos grelados, jogando: até que, mais ou menos às quatro e meia da madrugada, mandava um de nós chamar Beta e Fadoca (minha irmã e minha prima) no "internato das moças"; e então partíamos todos para a Estação Central.

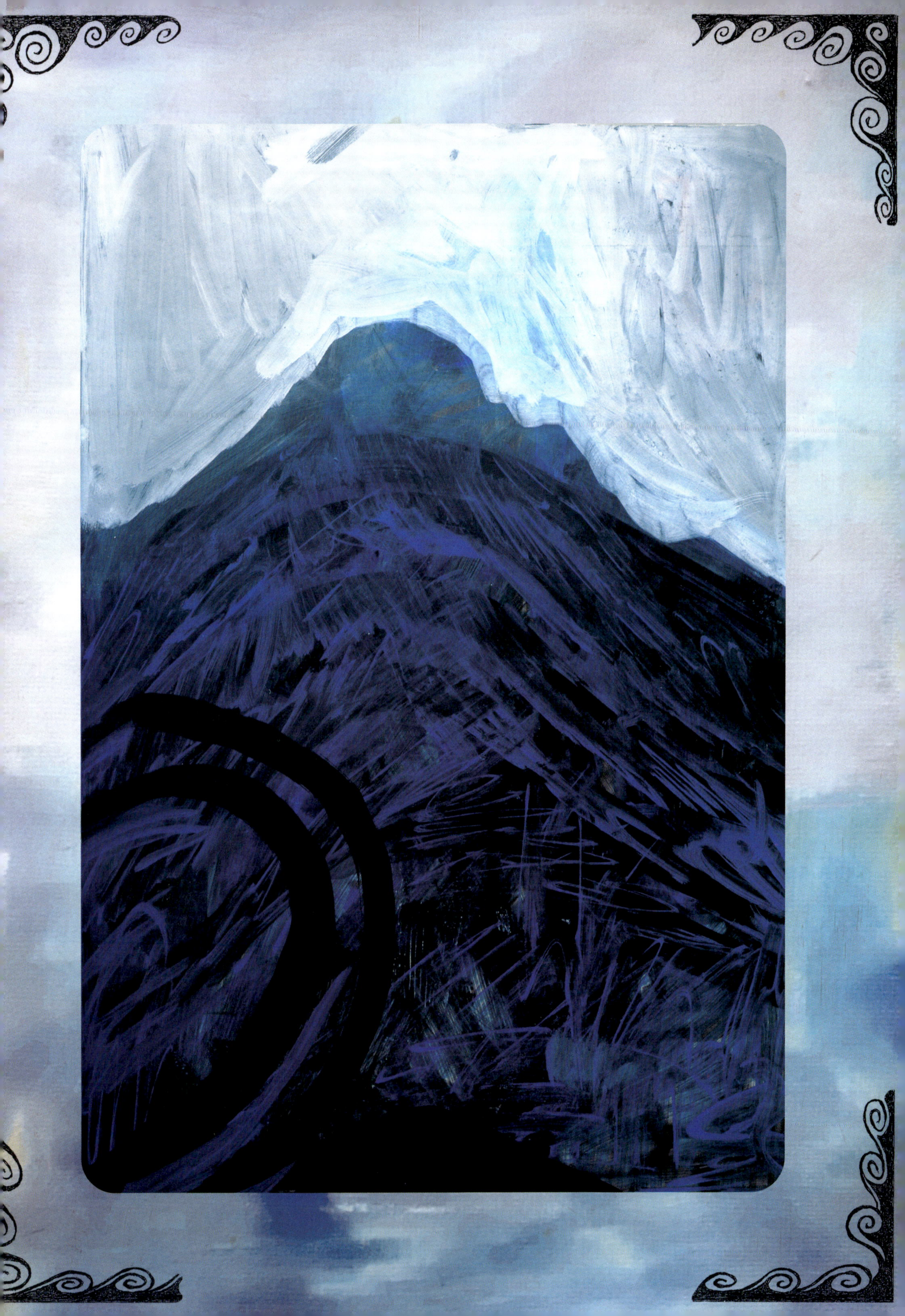

Para mim, havia duas opções: a primeira, mais comum, consistia em tomarmos o trem para Campina Grande que saía às cinco e meia e, quando Deus era servido, chegava lá às duas horas da tarde. Em Campina, apanhávamos um caminhão, e íamos assim, para Taperoá. A outra opção era pegar o trem do centro de Pernambuco, trem que, naquele tempo, só ia até Sertânia (Alagoa de Baixo). Nesta cidade, cansado, sujo, com poeira e pó de carvão nas ventas, nos olhos e acho que até na alma, eu pegava um caminhão e ia para São José do Egito, onde, a cavalo, partia para a fazenda "São Pedro", do meu tio Joaquim Duarte Dantas. Um dia, na aula do doutor Menezes, nosso colega Reinaldo Ferreira (conhecido como "Reinaldo Satanás") tinha incluído, entre as grandes estradas de ferro transcontinentais, "a Transiberiana, que vai de Moscou a Vladivostok, e a Great Western, que vai até Alagoa de Baixo". Assim, vendo o mapa e lembrando-me da poeira terrível que me irritava dolorosamente os olhos nas minhas viagens, eu pensava, penalizado, em que estado não chegariam a Vladivostok os olhos dos pobres meninos russos, internos em colégios de Moscou e que certamente eram obrigados a fazer toda aquela viagem, para passarem os três meses de férias de verão — dezembro, janeiro e fevereiro — nas fazendas, situadas no Sertão quente, áspero e pedregoso da Sibéria, que eu imaginava tão empoeirado quanto o do Moxotó ou o da Espinhara.

Segunda história de trem

A primeira vez em que me vi num trem foi no ano atormentado de 1930. Estava com três anos de idade e fugíamos das perseguições que o governo paraibano, através de sua Política, fazia contra nós, sob inspiração e ordens do presidente João Pessoa. Meu Pai, que era político, e fazia oposição a esse governo, estava fora, no Recife, de onde, com nosso primo João Dantas, chefiava a campanha política contra o presidente Pessoa. Em Princesa, nosso aliado, José Pereira, chefiava a luta armada contra o governo, numa insurreição sertaneja que o presidente paraibano tentava, em vão, esmagar. Quando o município de Princesa, que obedecia, inteiramente, a José Pereira, se declarou independente do Estado da Paraíba, o presidente João Pessoa, colérico, despótico, violento, tomado de fúria, afirmou que tomaria a cidade rebelada em 48 horas. Passaram-se as 48 horas. Mais 48 horas. Mais 48 horas. A luta começara do último dia de fevereiro para o primeiro de março de 1930. Passou o mês de abril. Passou o de maio. E nada: Princesa continuava de pé e imbatível. Em junho, um oficial da polícia paraibana, João Costa, disse ao presidente João Pessoa que, se ele lhe conseguisse uma coluna de duzentos soldados, transportados por caminhões e conduzindo metralhadoras, tomaria Princesa. O presidente acreditou, reuniu os soldados, aprestou a coluna e mandou-a para o Sertão. Mas entre Teixeira e Princesa existem dois lugares maiores, Água Branca e Tavares. Neste último, estava cercada a polícia pelos homens de José Pereira. Como este contava com as simpatias do Sertão, quando a coluna começou a se deslocar para aquela direção, o fato foi comunicado ao chefe sertanejo. E aí, logo depois de Água Branca, a coluna formada pelos caminhões deslocava-se lentamente e tranquilamente pela estrada, quando soou a primeira descarga da emboscada que o pessoal de Princesa tinha armado para ela. Para a polícia paraibana e para o presidente João Pessoa, foi uma derrota irreparável: quem não correu, morreu. E foi aí que, como vingança mesquinha contra as famílias dos chefes políticos da oposição, a polícia paraibana começou a nos perseguir.

Há um dia, ficando a situação insustentável, minha Mãe resolveu que sairíamos da cidade da Paraíba, capital do Estado do mesmo nome, e iríamos para Natal, acolhendo-nos à proteção do governo rio-grandense-do-norte do doutor Juvenal Lamartine. A viagem foi feita de trem, e lembro-me apenas de que, no caminho, dentro do vagão, eu, irrequieto, andava para lá e para cá, cantando as estrofes desafiadoras que se tinham tornado hinos de guerra na luta do Sertão contra a capital. Uma das músicas que eu cantava era assim:

> *Minha boca está fechada,*
> *a chave foi pra Teixeira!*
> *Minha boca só se abre*
> *pra dar viva a Zé Pereira!*
> *Minha boca está fechada,*
> *a chave foi pra Lisboa!*

*Minha boca só se abre
pra dar morra a João Pessoa!*

As outras eram as do Hino de Princesa. Sim, porque o município independente tinha hino, constituição, bandeira, jornal e tudo. E, como todo Reino independente, tinha nome: "Território Livre de Princesa", o que levou o escritor Joaquim Inojosa a chamá-lo de "Um Território Livre num Estado Escravo". O Hino de Princesa começava assim:

*Cidadãos de Princesa aguerrida!
Celebremos, com força e paixão,
a beleza invulgar desta lida
e a bravura sem par do Sertão!*[14]

Eu o cantava no trem, naquele dia de 1930, sem imaginar que aquilo tudo que estava por trás daqueles cantos terminaria desencadeando o assassinato do presidente João Pessoa por João Dantas e o do meu Pai como decorrência desse. É por isso que eu digo sempre que, para mim pelo menos, existe, no Nordeste, uma legenda, por um lado picaresca e por outro ensanguentada, ligada aos nossos velhos trens.

E fomos para Natal, nesse trem, e num trem voltamos de lá, para a Paraíba, julgando que a situação se acalmaria. Foi então que chegou o terrível mês de julho de 1930, com o assassinato do presidente João Pessoa. Nossa casa foi cercada por uma multidão enfurecida, açulada por policiais e autoridades do governo, que, entre outras coisas, tinham soltado assassinos da cadeia para promover desordens, saques, incêndios e assassinatos contra as famílias da oposição. Garantidos por uma patrulha do Exército, nós nos retiramos para Pernambuco, onde ficamos na cidade de Paulista. Mas não gosto de estar falando do resto. O tempo foi cicatrizando as feridas, e, no fim de 1930, estávamos de novo na fazenda "Acauhan", no Sertão da Paraíba, para onde tínhamos ido nos fins de 1928 e onde passáramos o ano de 1929 e o começo de 1930. Ali ficamos até 1932, quando fomos para outra fazenda,

14_A letra do Hino de Princesa ("Marcha-Canção dos Legionários de Princesa") é de autoria do poeta pernambucano Austro-Costa (1899-1953), pseudônimo de Austriclínio Ferreira Quirino. (Cf. COSTA, Austro. *Meio-Dia Eterno: Antologia Poética de Austro-Costa*. Apresentação, seleção e notas de Paulo Gustavo. Recife: FUNDARPE, 1994. p.136.)

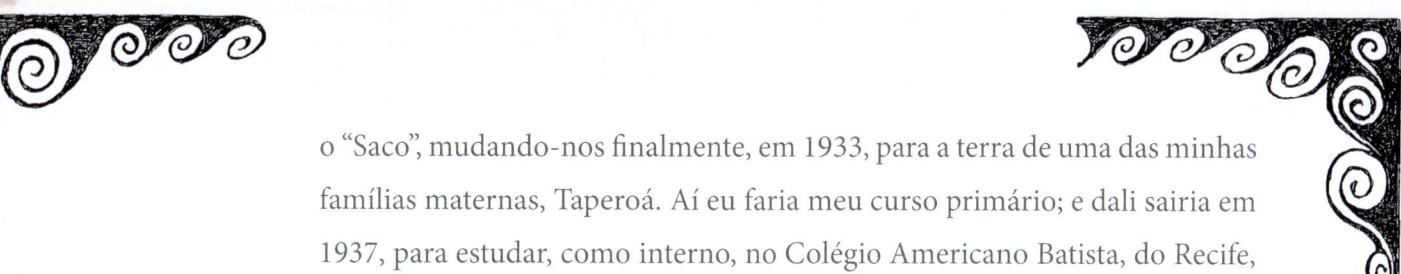

o "Saco", mudando-nos finalmente, em 1933, para a terra de uma das minhas famílias maternas, Taperoá. Aí eu faria meu curso primário; e dali sairia em 1937, para estudar, como interno, no Colégio Americano Batista, do Recife, tempo em que os trens entrariam de novo em minha vida, desta vez com constância e regularidade, marcando, como uma estação do ano, o retorno para casa, em junho, em dezembro — sensação de alegria, de renovação, de tempo redescoberto e recapturado, e, sobretudo, de deslumbramento ante a vida e o mundo, que eu ligava inconscientemente à presença da estrada e à carreira da locomotiva, como símbolos e como mitos que ainda hoje marcam profundamente meu sangue.

Terceira história de trem

Não estou aqui para ser agradável a ninguém, de modo que devo dizer que, se as viagens que fiz, de trem, na infância, por um lado me enriqueceram o sangue e a memória de símbolos e mitos, por outro me maltrataram muito. Aliás, sem os maus-tratos, talvez minha sensibilidade ferida não tivesse segregado os mitos, que, a mim, são indispensáveis, como alimentadores do sonho e do riso, sem os quais não poderia, talvez, sobreviver. Tanto assim que sofri muito nos trens daquele tempo, mas, no entanto, olho os trens com uma espécie de simpatia e terror sagrado, enquanto que os confortáveis aviões não me causam senão tédio e a sensação de que estou arriscando minha alma num instrumento que, se não tem alguma coisa a ver com o Demônio, tem, sem dúvida, com o Bezerro de Ouro. Falo, é claro, dos grandes aviões comerciais: pelo teco-teco e pelo 14-Bis de Santos Dumont tenho a simpatia que experimento por todas as invenções delicadas, frágeis e atrevidas do ousado espírito humano. Faço, às vezes, brincadeiras com isso, dizendo que tenho medo de avião: mas, acreditem ou não aqueles que têm espírito diferente do meu, o medo que tenho de avião é ligado a isso que acabo de explicar e não ao risco de vida; de outra forma, como se explica que eu não tenha sensação nenhuma de antipatia nem de medo quando voo de teco-teco?

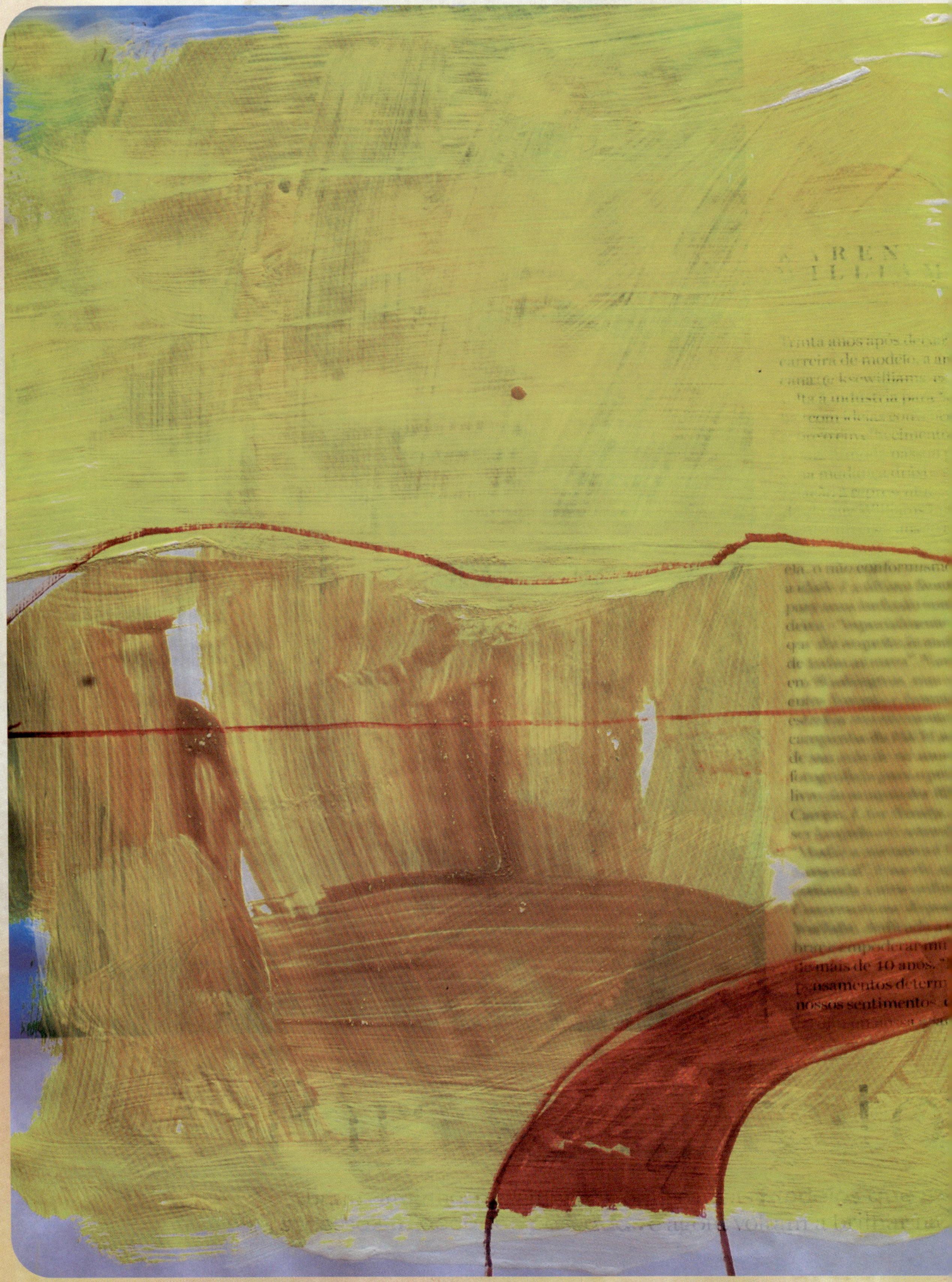

carreira de modelo,
de mais de 10 anos.
nossos sentimentos

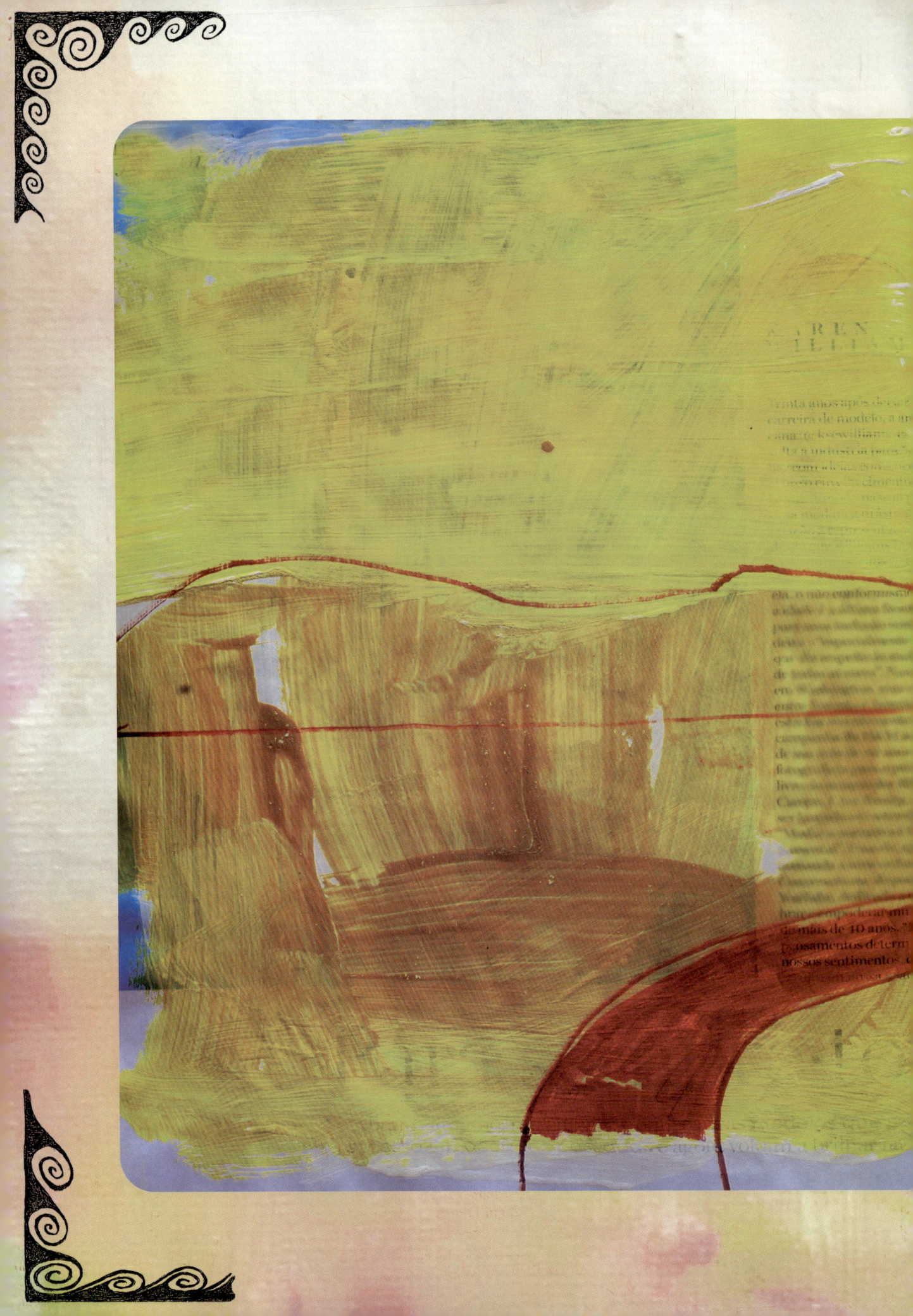

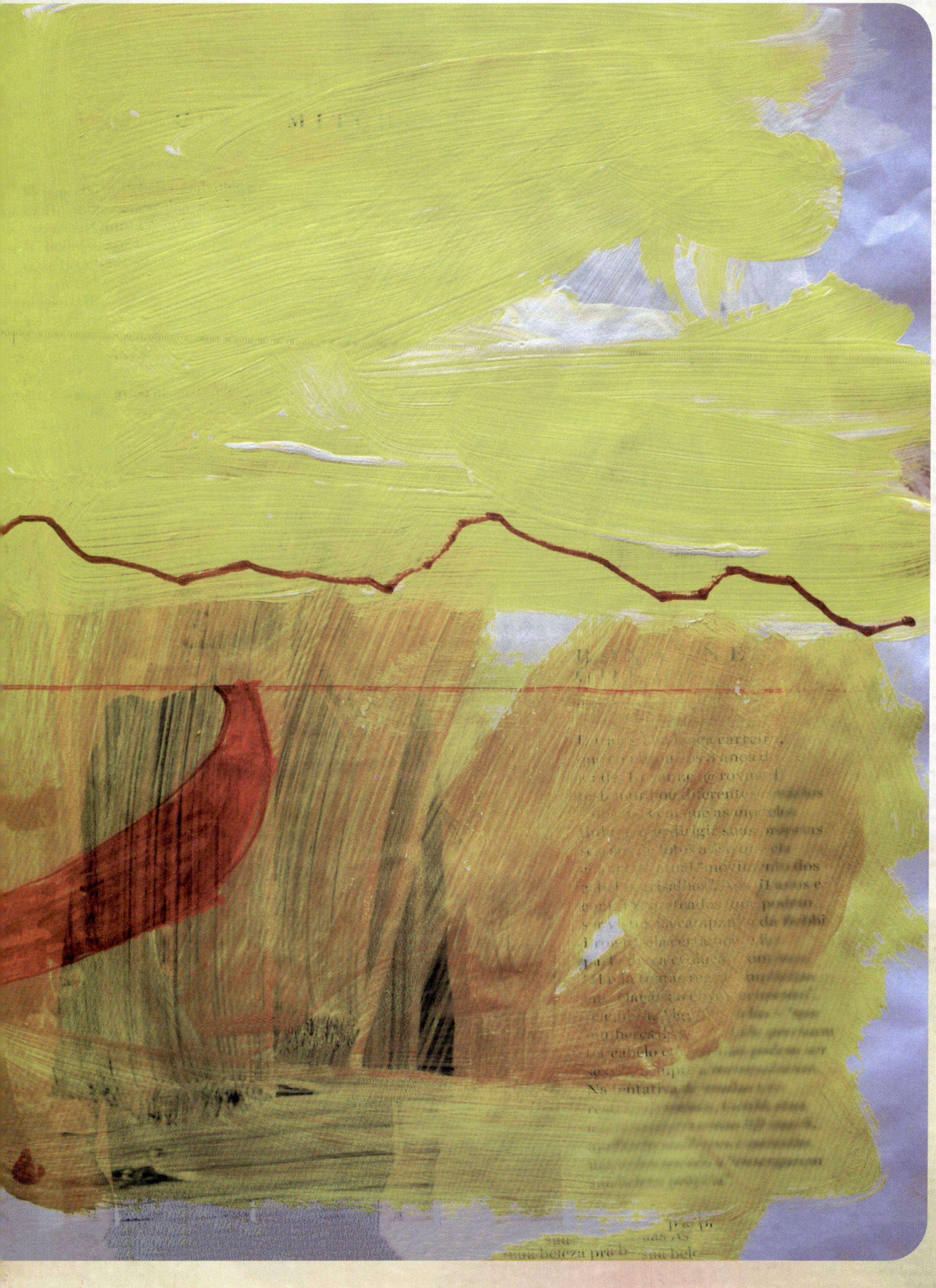

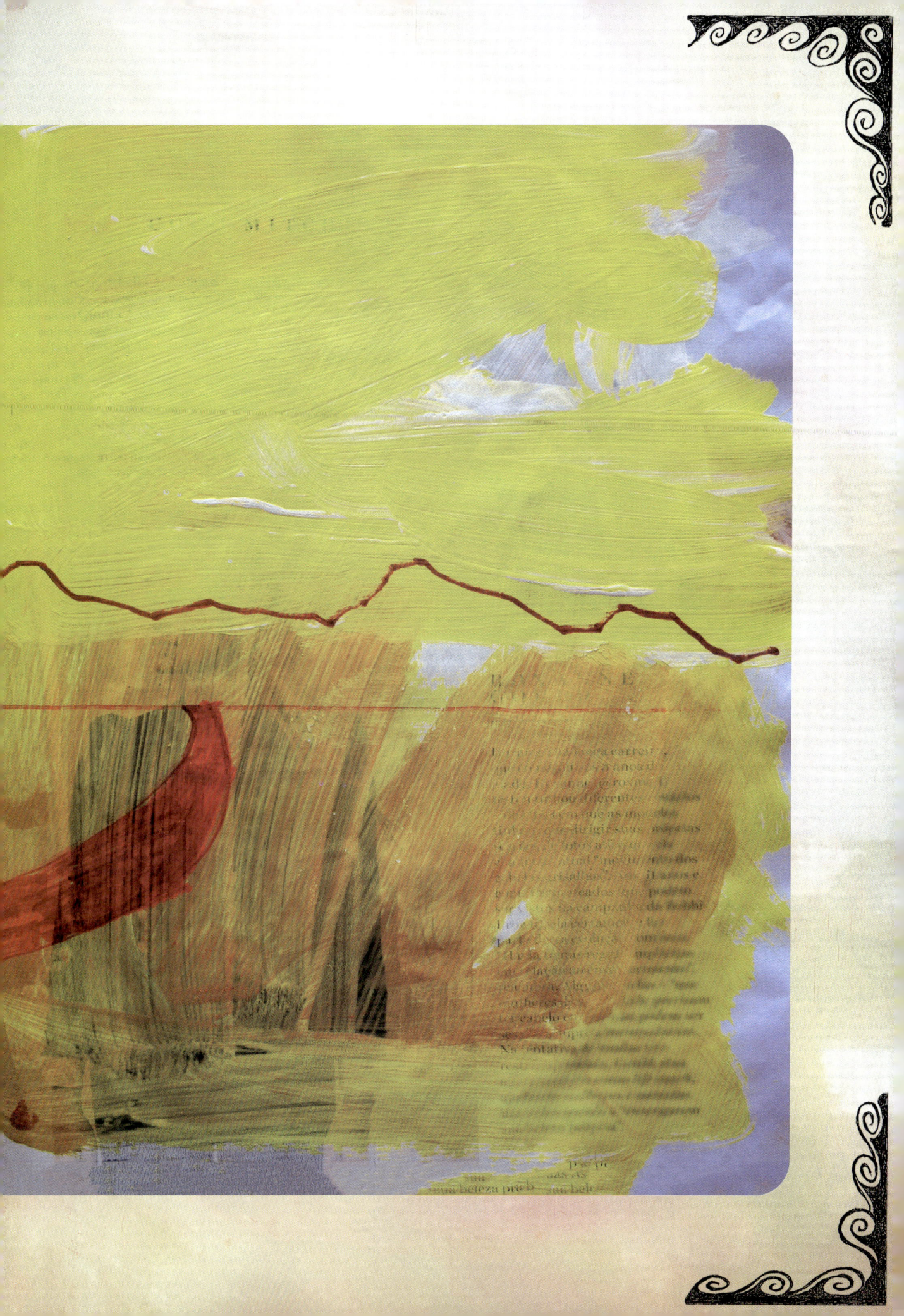

E, para falar a verdade, não era o trem que me aperreava tanto o juízo não, eram as pessoas que viajavam nele, atropelando-me, tomando meu lugar, revelando uma brutalidade, um egoísmo, uma vulgaridade que ainda hoje me assustam na vida, principalmente na vida das cidades. Ah, meu povo tranquilo e cortês do Sertão! Nós passávamos a noite anterior à viagem acordados, a fim de chegarmos cedo na estação e conseguirmos cadeiras para viajar sentados. Mas éramos meninos. E, assim que o trem começava a se encher, no Recife ou nas estações de parada, apareciam os adultos retardatários, de cara grosseira e rostos intumescidos pelo sono ou pela bebida. Sentavam-se pesadamente, primeiro no braço da cadeira, empurrando em nossa cara seus corpos mal cheirosos e suas roupas sujas. Nós, crianças, educadas no respeito ao direito dos outros — que, no Sertão, é um preceito de honra —, não tínhamos, porém, coragem de reclamar contra aqueles brutos, defendendo os nossos próprios direitos. Então eles, tornando-se mais ousados e perdendo a cerimônia, diziam-nos, com mau modo, que nos apertássemos para lá, porque, no banco, cabiam, perfeitamente, um adulto e duas crianças. Obedecíamos. O grosseirão sentava-se e, alegando que nossas pernas eram mais curtas, enfiava em nossa frente suas maletas de madeira, que ficavam, durante a viagem toda, batendo em nossas canelas, obrigando-nos a viajar de pernas encolhidas e às vezes dando-nos cortes profundos, porque usávamos ainda calças curtas e as maletas de madeira tinham, quase sempre, pontas de prego aparecendo ou aspas de ferro soltas, afiadas como navalhas. Enquanto isso, o dono, com a frente livre, estirava gostosamente as pernas e refestelava-se no assento que fora nosso e agora era dele.

E havia a poeira e o pó de carvão nos olhos, e a lentidão das subidas de serra, e a escuridão dos túneis, o cansaço da viagem interminável. Eu, por mim, dava graças a Deus quando o vizinho era bêbado e, por isso ou por outra razão qualquer, adormecia assim que tomava, abusivamente, nosso lugar. Sim, porque, nesses casos, se passávamos pela experiência desagradável de ter novamente aquela figura asquerosa derreada sobre nosso ombro, sentindo o bafo de cachaça ou de mau hálito que se exalava por sua boca escancarada, pelo menos não éramos obrigados a ouvir suas intoleráveis conversas. Para mim, essas conversas de viagem eram um verdadeiro tormento, como, aliás, ainda são, hoje. Porque o que me compensava de todos os sofrimentos da viagem era olhar o mundo que desfilava diante de mim pela janela do trem. Sim, olhar o mundo! O mundo que corria ali, com elementos que podem não valer nada para os outros, mas que, para mim, eram fortemente poéticos: o rio que, às vezes, o trem beirava, principalmente nos trechos pedregosos e encachoeirados; um homem a cavalo, de botas e roupa cáqui; bois pastando num campo; mulheres que nos davam adeus; cavalos correndo, soltos, espantados pelo apito do trem; e, sobretudo, as pedras, as grandes pedras sertanejas da Caatinga, quando, já perto de Campina Grande, a Borborema começava a se encrespar, com a terra crestada e pedregosa que anunciava, para mim, a aproximação da minha terra, do meu Reino, do Sertão sagrado! Quem quiser que me ache doido, mas, para mim, aquelas pedras e lajedos sertanejos sempre foram um elemento de fascinação, beleza e mistério. Como eram diferentes daqueles homens vulgares da cidade, inquietos, que não sossegavam um instante enchendo o vagão de conversas vulgares, de cascas de amendoim, de caroços de fruta, fumando cigarros fedorentos e atirando sua fumaça em nosso nariz, gordos, suados, comilões, imundos, grosseiros... Ao contrário deles, ali estavam elas, as grandes pedras sertanejas, imóveis, solitárias, limpas em sua grandeza, pairando no alto de suas grimpas de serra, tranquilas e serenas diante do tempo, servindo, o chão, de abrigo e de morada a seus irmãos, os cactos e os gaviões, de cara aberta ao sol, apontando para o alto, em direção ao céu azul, ao precipício azul do infinito, num chamado e numa advertência aos homens de pés de lama...

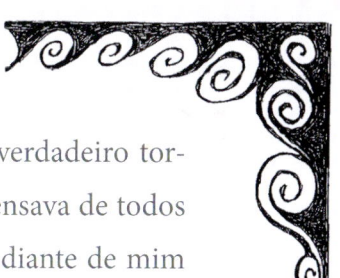

E era da contemplação de todas essas coisas maravilhosas que, de repente, eu me via afastado, por um repelão no braço: o grosseirão, entediado de si mesmo, queria conversar, e obrigava-me a ouvir uma enfiada de anedotas velhas e vulgares, ou uma descrição pormenorizada da doença de uma tia sua, que morava em Timbaúba mas que ele acabara de levar para Gravatá, cujo clima era melhor e ótimo para frieiras. Descalçava a botina e levantava o pé para perto da minha cara, a fim de, separando os dedos, me mostrar suas próprias frieiras. Esfregava-as suavemente, coçando-se, e como, nesse mesmo momento, o trem parasse numa estação, com aquela mesma mão ele comprava um sanduíche de galinha e começava a comer, não prestando atenção a meus engulhos nauseados. Eu ficava a ponto de chorar de desgosto, humilhado e impotente para fugir de tudo aquilo.

O fato é que, ainda hoje, quando, às seis horas da noite, estou, por acaso, na cidade, numa chuvosa boca-de-noite, e tenho que conseguir um táxi, e começam homens e mulheres mal-educados a disputa feroz em que o fundo de egoísmo e brutalidade da natureza humana começa a se revelar por baixo das roupas e das maneiras falsamente elegantes dos meios urbanos, é dessa população dos trens que me recordo. Mas a natureza humana é também tão estranha, que eu julgava ter me livrado dos trens como quem se livra de uma praga. Entretanto, outro dia, um filho meu me disse com um estranho e inesperado ar de frustração e melancolia:

— Eu nunca andei num trem!

Meu coração deu um pulo no peito, porque senti que era meu sangue que estava falando dentro dele. Tive, mesmo, uma certa decepção quando me disseram que, hoje, os trens estavam modernizados, com máquinas a óleo e outras audácias do progresso. E foi com o coração alvoroçado dos meus treze anos que eu me virei para meu filho de treze anos e disse a ele:

— Não se incomode não! Seu Pai é um grande conhecedor de trens! De modo que se prepare, porque qualquer dia a gente pega um trem aí, e cruza a grande estrada Transiberiana que vai do Recife a Alagoa de Baixo, para você ver como o mundo é grande, e belo e estranho, visto de um vagão vermelho e amarelo, principalmente quando, nas curvas, a gente vê a máquina resfolegando lá na frente e avista a grande serpente avermelhada cruzando a terra sagrada do Sertão. Vamos fazer uma viagem de trem, meu filho, porque, fora as viagens a cavalo, não existem viagens mais belas e mais épicas do que as de trem!

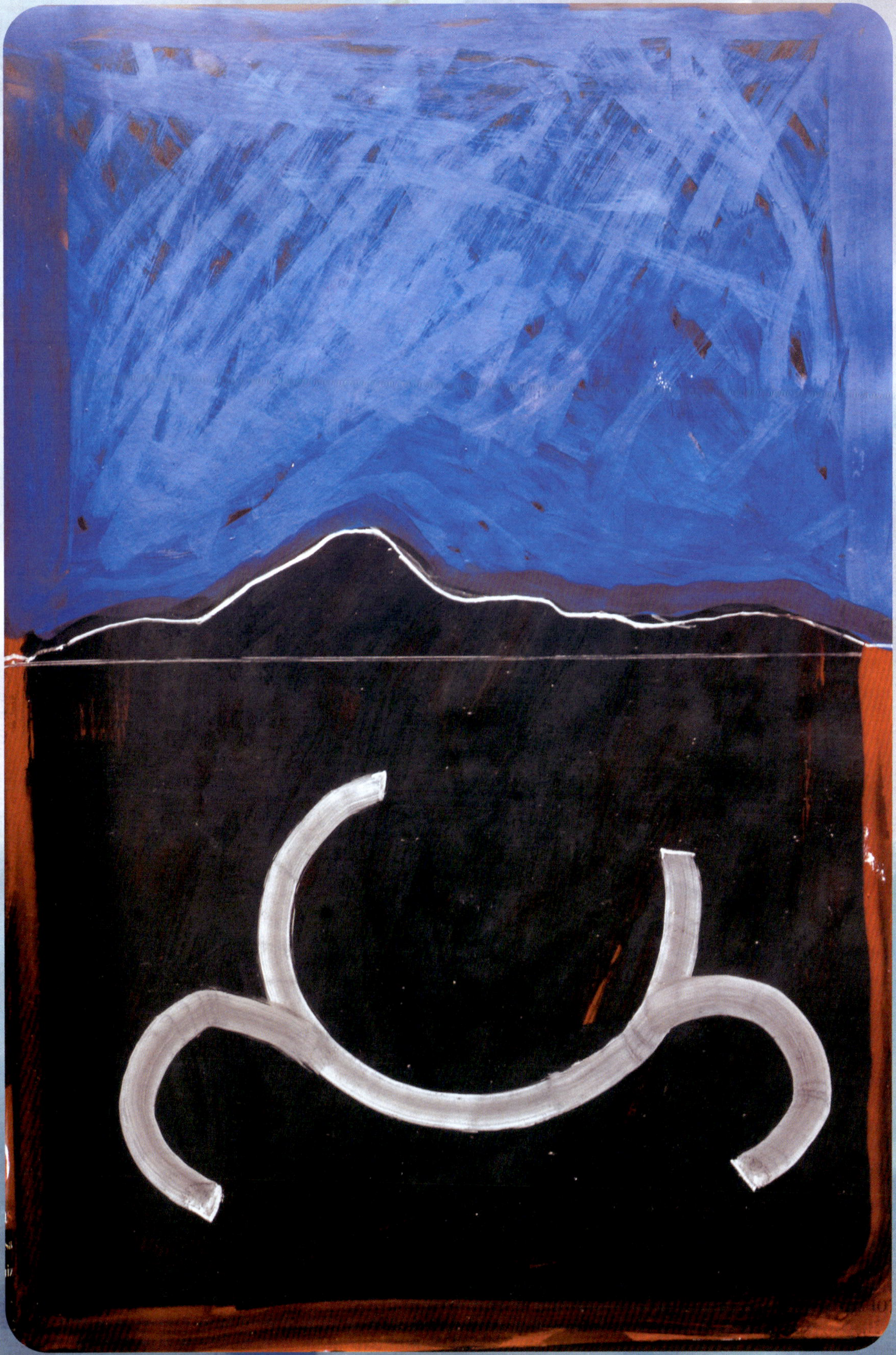

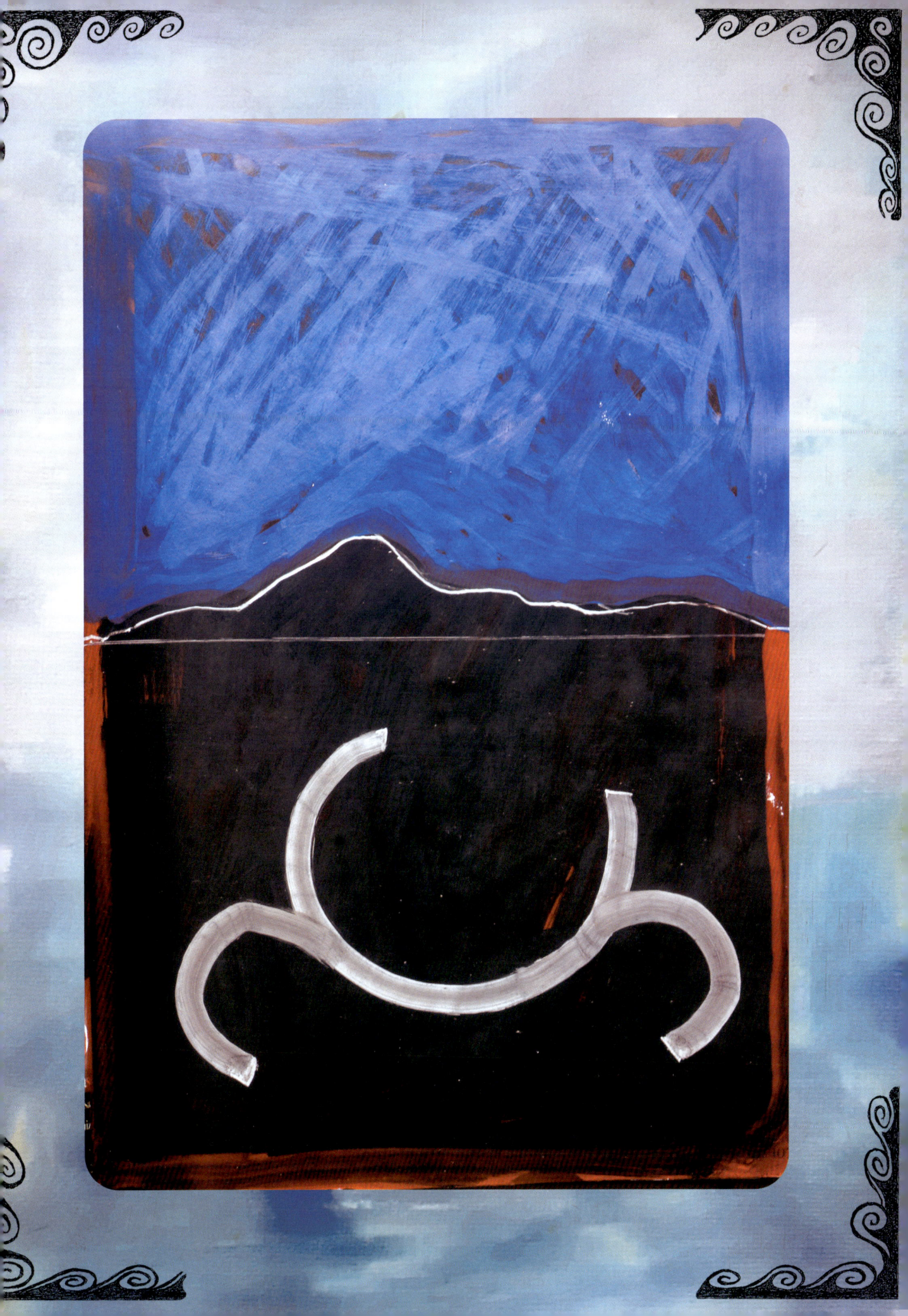

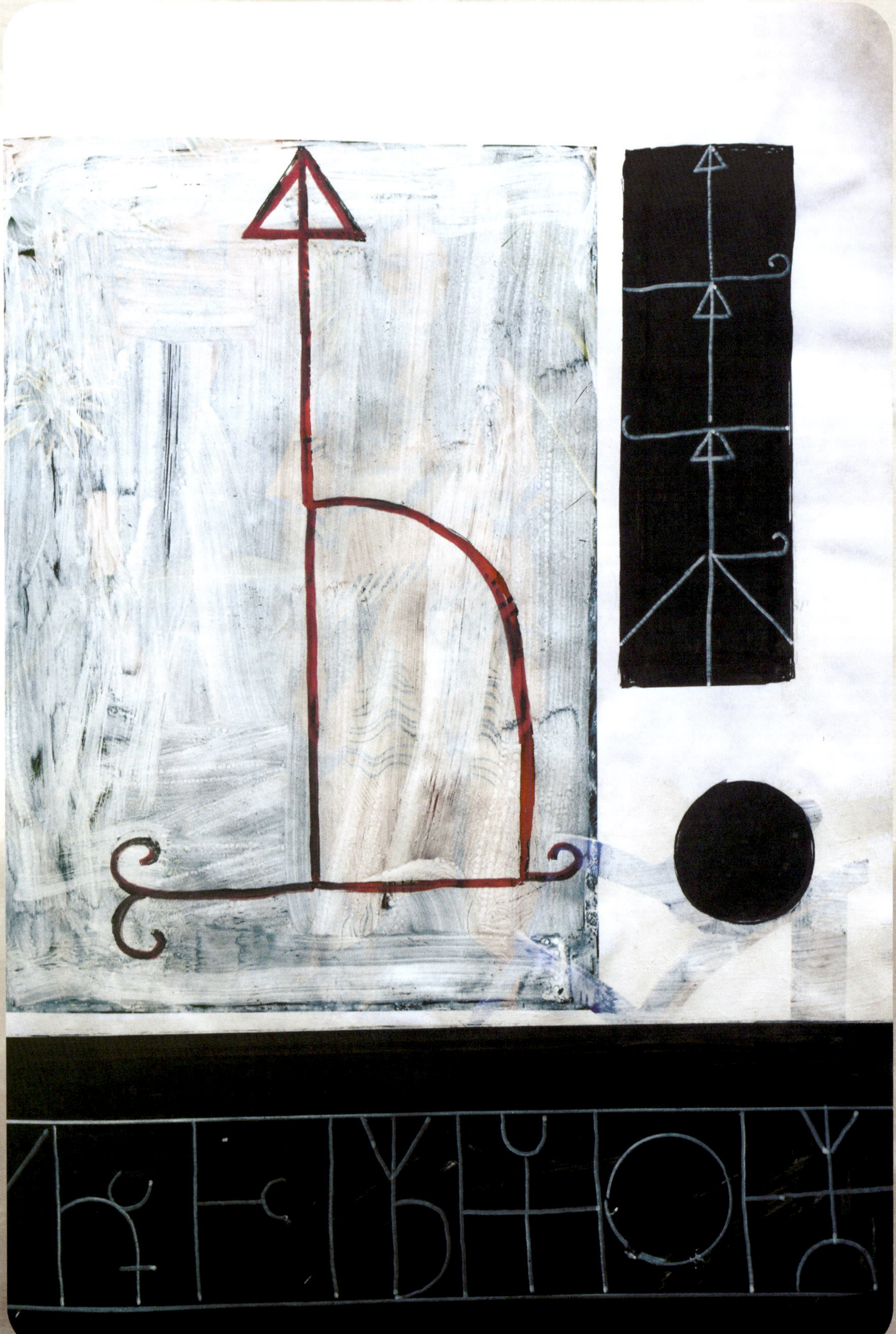

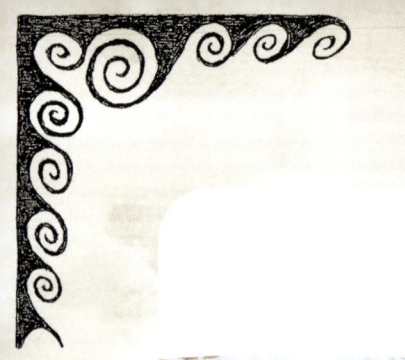

SUASSUNA POR ELE MESMO

Quando me pediram que escrevesse uma espécie de autobiografia com o título que encima estas linhas, fiquei num beco sem saída. Como escritor, costumo escolher, a meu gosto, meus assuntos e meus personagens. Acontece, porém, que, ao contrário da maioria dos escritores, não me levo muito a sério, considero-me um mau assunto e um péssimo personagem. Acho mesmo que foi por isso que me tornei escritor: não estando satisfeito com minha vida medíocre e com os traços convencionais e medidos da minha personalidade, tive de viver inventando outros, que realizassem, por fora, aquilo que tenho por dentro, machucado, escondido e amesquinhado pelas arestas do mundo.

Uma única solução me restava e foi a que tentei aqui: trazer de fora, das coisas exteriores, um pouco do interesse que a mim mesmo me falta. O lugar do meu nascimento, por exemplo, é uma coisa enigmática, até para mim mesmo. Tem gente por aí que julga que eu nasci em Taperoá, no Sertão dos Cariris Velhos da Paraíba do Norte. Outros me dão como escritor pernambucano. E acontece que eu mesmo, quando vou tentar esclarecer o assunto, só faço é aumentar a confusão, porque a cidade onde nasci *não existe mais*. Existia até 1930. Nesse ano, uma *catástrofe nominal* acabou com ela. Foi na cidade da Paraíba que eu nasci, cidade que, então, era a capital do Estado da Paraíba do Norte. Nasci lá, num velho casarão jesuítico, cuja construção, iniciada no século XVI, foi concluída no século XVIII, pelo padre Gabriel Malagrida. O padre Malagrida é aquele mesmo a quem Stendhal atribuiu o dito famoso de que "a palavra foi dada ao homem a fim de que ele pudesse esconder seu pensamento". Dizem que ele, depois, em Lisboa, tomou parte numa conspiração para matar o rei dom José I. Não sei se é verdade, mas parece que o marquês de Pombal sabia, tanto assim que mandou decapitar o padre.

Um futuro de santidade foi a profecia

Antes, porém, dessas complicações políticas, o padre Malagrida andou pela Paraíba, inclusive pelo Sertão. Na capital, terminaria de construir o conjunto arquitetônico de convento, igreja e colégio que seus companheiros jesuítas tinham iniciado no século XVI. A igreja foi derrubada pelo doutor João Pessoa, em 1929 ou 1930, "por motivos de urbanismo". Não havia motivo de urbanismo nenhum: a verdade, mesmo, é que o doutor João Pessoa tinha mau gosto, achava feia aquela belíssima igreja do século XVI, e mandou derrubá-la porque a considerava uma espécie de mancha vergonhosa na paisagem da "Paraíba moderna e progressista" com a qual sonhava.

Os prédios do colégio e do convento, que ladeavam a igreja, escaparam à sanha destruidora do doutor João Pessoa. É verdade que só escaparam pela metade. O do colégio, onde hoje é a Faculdade de Direito da Paraíba, sofreu poucos danos, se bem que tenha perdido muito a sobriedade original. O do convento — um casarão austero que, depois da expulsão dos jesuítas, passara a ser o palácio do governo da Paraíba — foi, porém, transformado pelo doutor João Pessoa num bolo de noiva da pior espécie. Foi aí, nesse convento jesuítico transformado em palácio de governo, que eu nasci. Felizmente, tive o bom gosto de nascer em 16 de junho de 1927, antes das *reformas* empreendidas pelo doutor João Pessoa, de modo que, ao se dar o *feliz evento*, estava eu a meu gosto: dentro de um casarão brasileiro do século XVIII, pegado a uma igreja do século XVI. Era uma quinta-feira, dia do Corpo de Deus. A procissão desse dia tinha parado na frente do palácio quando eu nasci, às quatro horas da tarde — o que levava uma dessas velhinhas santas do Nordeste, nossa amiga Dona Leonila, a profetizar, para mim, um futuro de santidade. Minha vida posterior iria mostrar como as velhinhas santas do Nordeste são fracas no ramo da profecia.

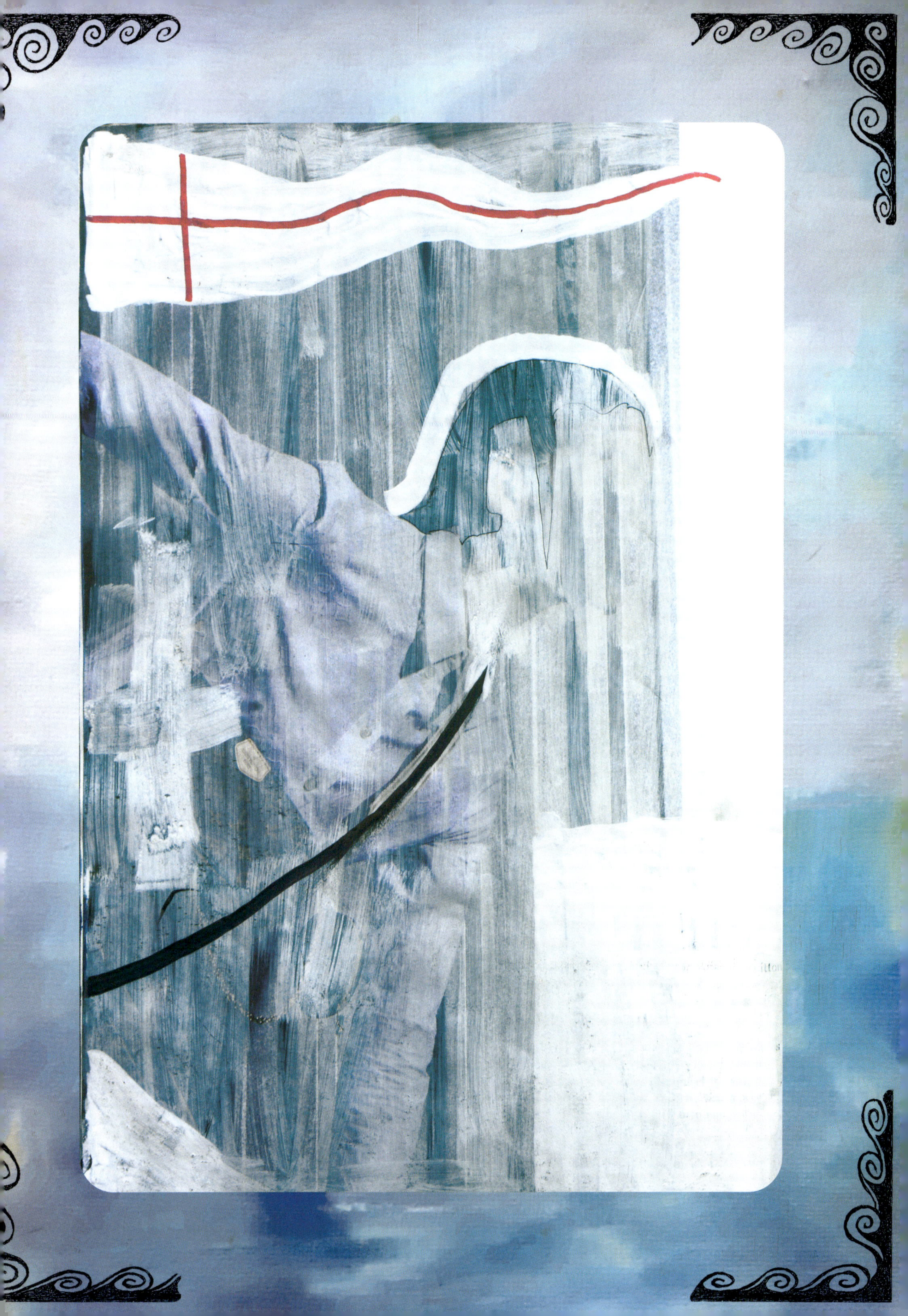

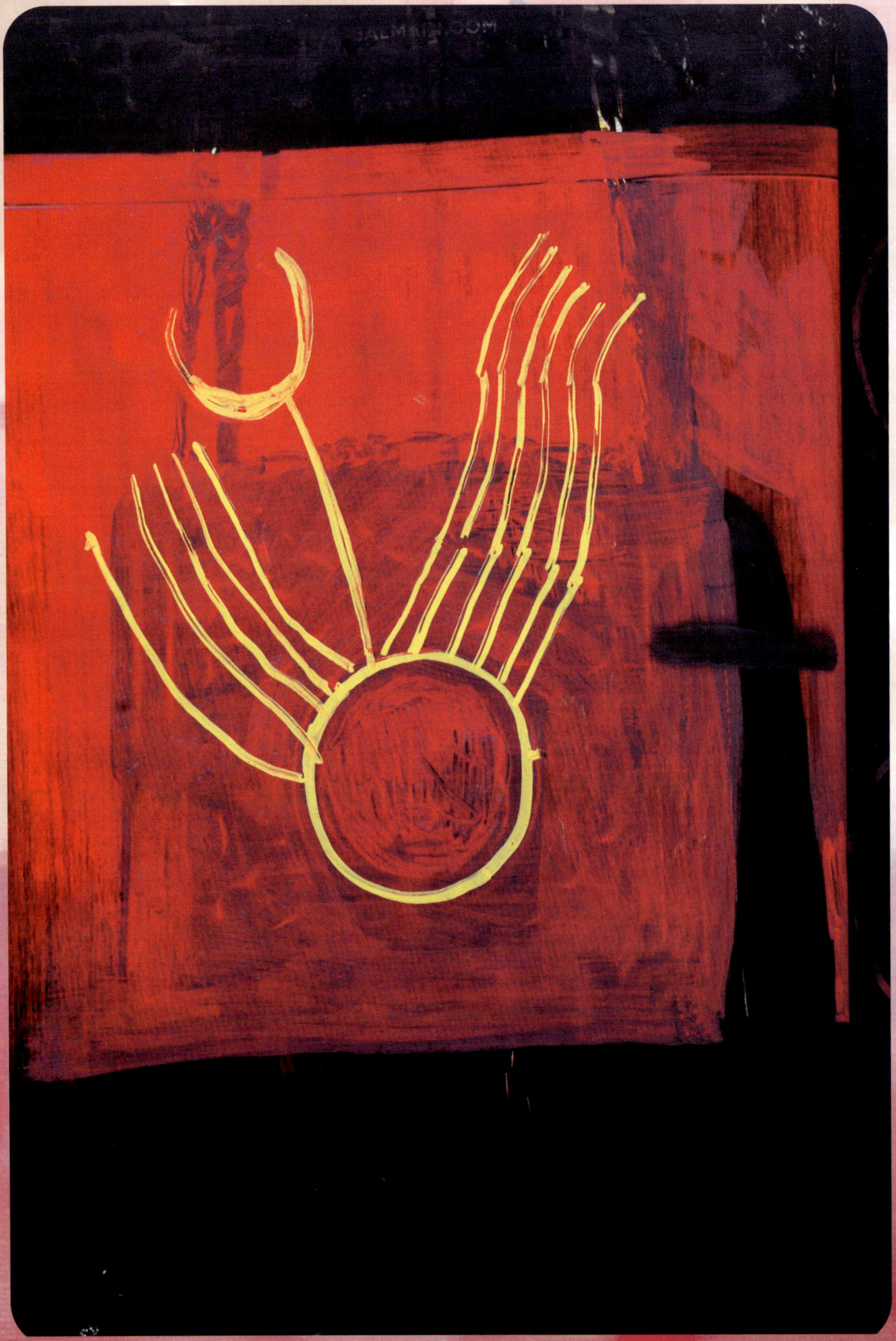

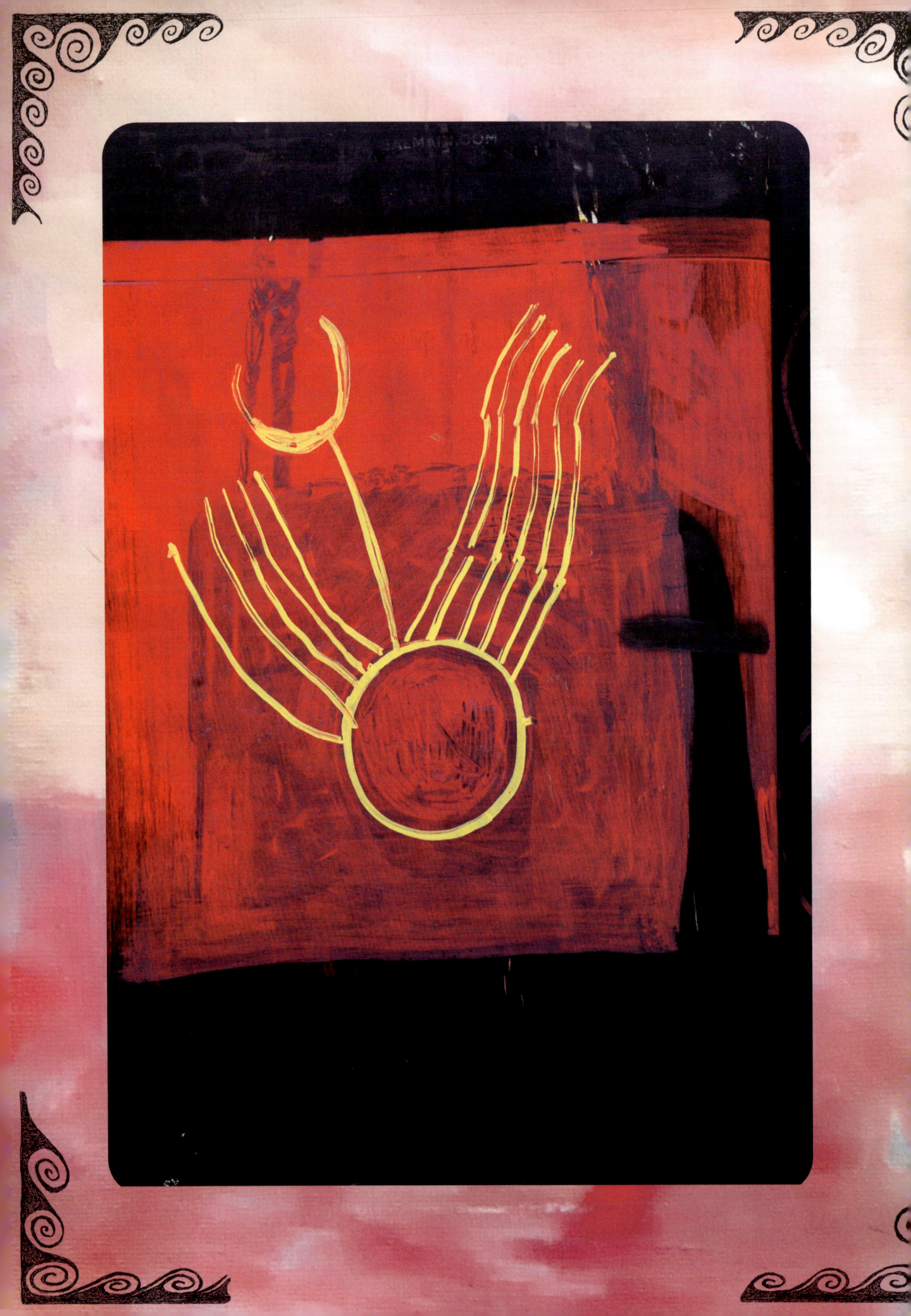

A multidão enfurecida tentou nos matar

É o caso, então, de se perguntar por que me considero sertanejo. É que sou, pelos quatro costados, descendente de famílias sertanejas: as famílias Villar e Dantas (do Teixeira, de Taperoá e do Desterro), e os Pessoas de Vasconcellos e Suassunas (do Catolé do Rocha, do Patu e da Serra do Martins). Além disso, tendo meu Pai deixado o governo da Paraíba em 1928, eu, com apenas um ano de idade, passei a morar no Sertão, de onde só me mudei para o Recife em 1942. Assim, a parte mais importante de minha vida, infância e adolescência, eu a passei no Sertão da Paraíba. O primeiro lugar em que morei, no Sertão, foi numa fazenda, também histórica, a "Acauhan", cuja casa é também do século XVIII, 1757, se não me engano. É tombada pelo Patrimônio Histórico: não só por suas características arquitetônicas puramente sertanejas como porque frei Caneca ali dormiu, na sua jornada de revolucionário e prisioneiro da Confederação do Equador, em 1824. Dizem que padre dá azar. Comigo, pelo visto, é o contrário: eu é que dou azar em padre, porque, com frei Caneca e padre Malagrida, já são dois vigários arcabuzados, fuzilados ou decapitados somente por terem dormido em casas que, um ou dois séculos depois, iriam me abrigar.

Na "Acauhan" passaríamos o ano de 1929. Aí, começaram os acontecimentos da Revolução de 1930. Corremos ceca e meca, fugindo das perseguições políticas. Primeiro, fomos para a cidade da Paraíba. Mas como a polícia do doutor João Pessoa nos ameaçava a cada instante, fomos para Natal, no Rio Grande do Norte. Melhorando a situação, voltamos para a Paraíba. Aí estávamos quando João Dantas, em 26 de julho de 1930, matou o presidente João Pessoa, chefe e inspirador das perseguições que sofríamos. João Dantas era primo de minha mãe, motivo pelo qual uma multidão enfurecida, orientada pela polícia e pelos presos que tinham sido soltos da cadeia para isso, tentou nos matar. A cidade, já com seu nome secular mudado para João Pessoa, estava com o ambiente irrespirável para nós. Garantidos e escoltados por tropas do Exército, mudamo-nos para Paulista, em Pernambuco.

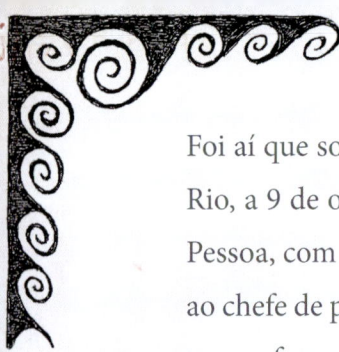

Foi aí que soubemos, pelo jornal, que meu Pai tinha sido assassinado no Rio, a 9 de outubro de 1930, como represália pela morte do doutor João Pessoa, com a qual, aliás, ele nada tinha a ver. Mandamos pedir garantias ao chefe de polícia do novo governo revolucionário paraibano e voltamos para a fazenda "Acauhan", no fim do ano de 1930. O tempo passava e as perseguições cessaram pouco a pouco. Em 1932, fomos para a fazenda "Saco", de meu tio materno, Alfredo Dantas Villar, tio Dodô: comecei a participar, como acompanhante, de suas caçadas e expedições sertanejas. Foi aí que minha amada tia Neves me deu uma cartilha e começou a me alfabetizar. Coitada, santa como era, não sabia que, naquele momento, estava me vendendo como escravo.

Em 1933, mudamo-nos para Taperoá. Aí, fiz o curso primário. Mais importante, porém, foi que aprendi a nadar em rio e atirar de espingarda (meus mestres nessas artes, depois de tio Dodô, foram João e Marcos Suassuna[15]). Juntos, fizemos muitas caçadas e épicas expedições, nas fazendas "Panati", "Carnaúba", "Malhada da Onça" e "São Pedro", esta última no Pajeú, em Pernambuco.

15_Irmãos mais velhos do autor.

Para o Recife, mudei-me em 1942. Mais ou menos por esse tempo, descobriu-se um fato curioso, que veio aumentar minhas dúvidas sobre se nasci ou não, se estou vivo ou não: o tabelião que, em 1927, fora encarregado de me registrar, anotava o nome dos inocentes num papel e, por descaso, não os inscrevia no "competente livro de registro". Ficava fornecendo as certidões que lhe pedíamos através daquilo que, no tempo, se chamava de *pública-forma*. Acontece que esse tabelião morreu. Logo depois, meu irmão Lucas foi ao cartório da Paraíba para tirar uma certidão de nascimento minha e, só então, descobriu que, legalmente, eu estava desprovido de existência, porque meu nome "não constava de livro nenhum de 1927". A solução foi me registrar de novo, o que ele fez, tendo porém o cuidado de levar testemunhas e de verificar se, daquela vez, o novo tabelião botara, de fato, meu nome no livro.

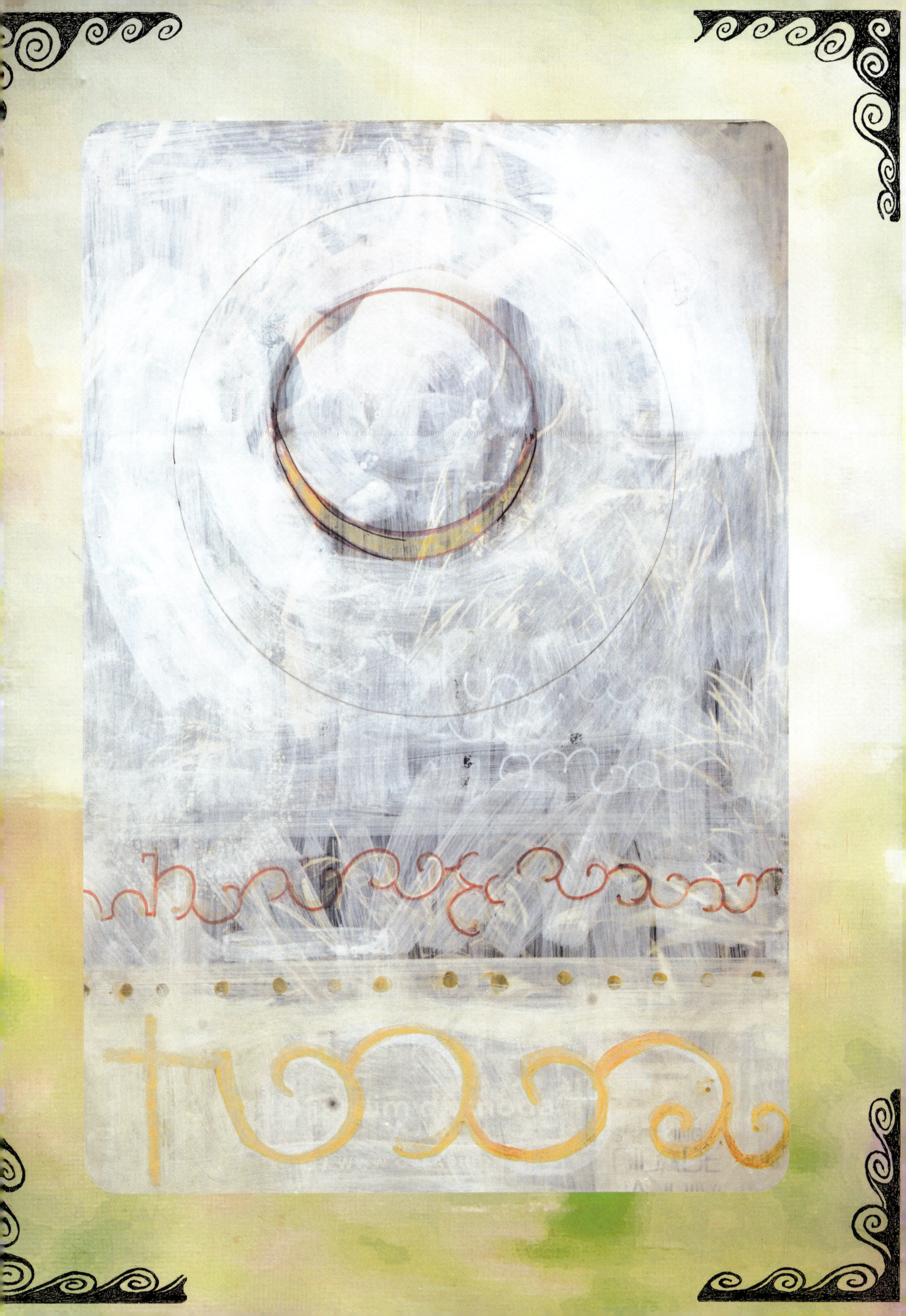

Renascido assim para os documentos oficiais, fiz o curso ginasial no Colégio Americano Batista e o colegial no Ginásio Pernambucano e no colégio Oswaldo Cruz. Formei-me em Direito, em 1950, e em Filosofia, em 1960. Em 1947, conheci uma moça bonita e loura, com quem logo quis me casar, coisa que só veio acontecer, porém, dez anos depois, por causa dos extravios da vida, como já contarei melhor.

"O senhor delegado toma banho vestido?"

Entre 1947, ano em que conheci Zélia, e 1957, ano em que casei com ela, são poucos os incidentes de monta, na minha vida. Lembro-me de que, em 1948, fui ao Teatro Santa Isabel ouvir um concerto; saí de lá com três amigos e ficamos conversando na ponte Duarte Coelho até às duas da madrugada. Aí, por essa hora, com a lua prateando as águas do Capibaribe, fiquei tentado a fazer um gesto gratuito, à moda de São Francisco de Assis e outros transviados: como a rua estava inteiramente deserta, chamei meus amigos para tomarmos um banho de rio. Quando estávamos nadando poeticamente à luz do luar, um policial nos avistou da Secretaria de Segurança, que fica na Rua da Aurora, à beira do Capibaribe. Chamou alguns companheiros e nos levou presos. Parece que o delegado ia nos soltar, mas eu inventei de fazer humor com ele e me saí mal. Ele estranhou:

— Então, os senhores, tomando banho, não é?

Eu indaguei:

— O senhor não toma banho não?

O delegado alteou a voz:

— Mas nus?

E eu, de novo:

— O senhor toma banho vestido?

Aí, ele, irritado, gritou:

— Ah, querem fazer graça, é? Eu ia soltá-los, mas agora vocês vão passar a noite no xadrez!

E passamos mesmo, uma noite bastante desagradável. No outro dia de manhã, outro delegado, doutor Moacir Sales, que gostava de literatura e simpatizava com os poetas, nos soltou. Desde aí eu aprendi duas coisas: a primeira é que quem quiser se meter a São Francisco de Assis deve fazê-lo longe da polícia; a outra é que, antes de um poeta fazer humor com o delegado, é conveniente verificar primeiro se ele gosta de Cervantes e Dostoiévski.

A outra coisa que me aconteceu foi que, em 1950, fiquei tuberculoso, como Castro Alves, Augusto dos Anjos, Álvares de Azevedo e outros românticos. Dizem que, com os antibióticos, tuberculose é quase uma gripe. Esta é a opinião dos médicos: pelo que pude ver, a opinião da tuberculose é muito diferente. A tuberculose pode estar muito decaída, mas quem foi rei sempre tem majestade. Foi isso, aliás, que retardou meu casamento, porque, doente e deitado, não achava uma instituição que subvencionasse o "futuro jovem escritor" que eu era então.

Quando fiquei bom, tentei ser advogado, sob os cuidados do professor Murilo Guimarães. Não consegui. Quase que aconteceu foi o contrário: só não acabei, de vez, com a reputação de grande advogado do dr. Murilo Guimarães porque o homem era bom mesmo em Direito. Aí, ele, compadecido de mim — e talvez, também, um pouco temeroso de ver sua fama abalada —, me arranjou um lugar de diretor do teatro do SESI.

Em 1956, o professor Luiz Delgado e meu amigo Carlos Maciel me chamaram para ensinar Estética na Universidade Federal de Pernambuco. Não sei se foi a desgraça dos estudantes de Filosofia, mas foi a salvação de um escritor brasileiro, cujo destino e cuja vocação a família já estava examinando com muita ansiedade e alguma desconfiança.

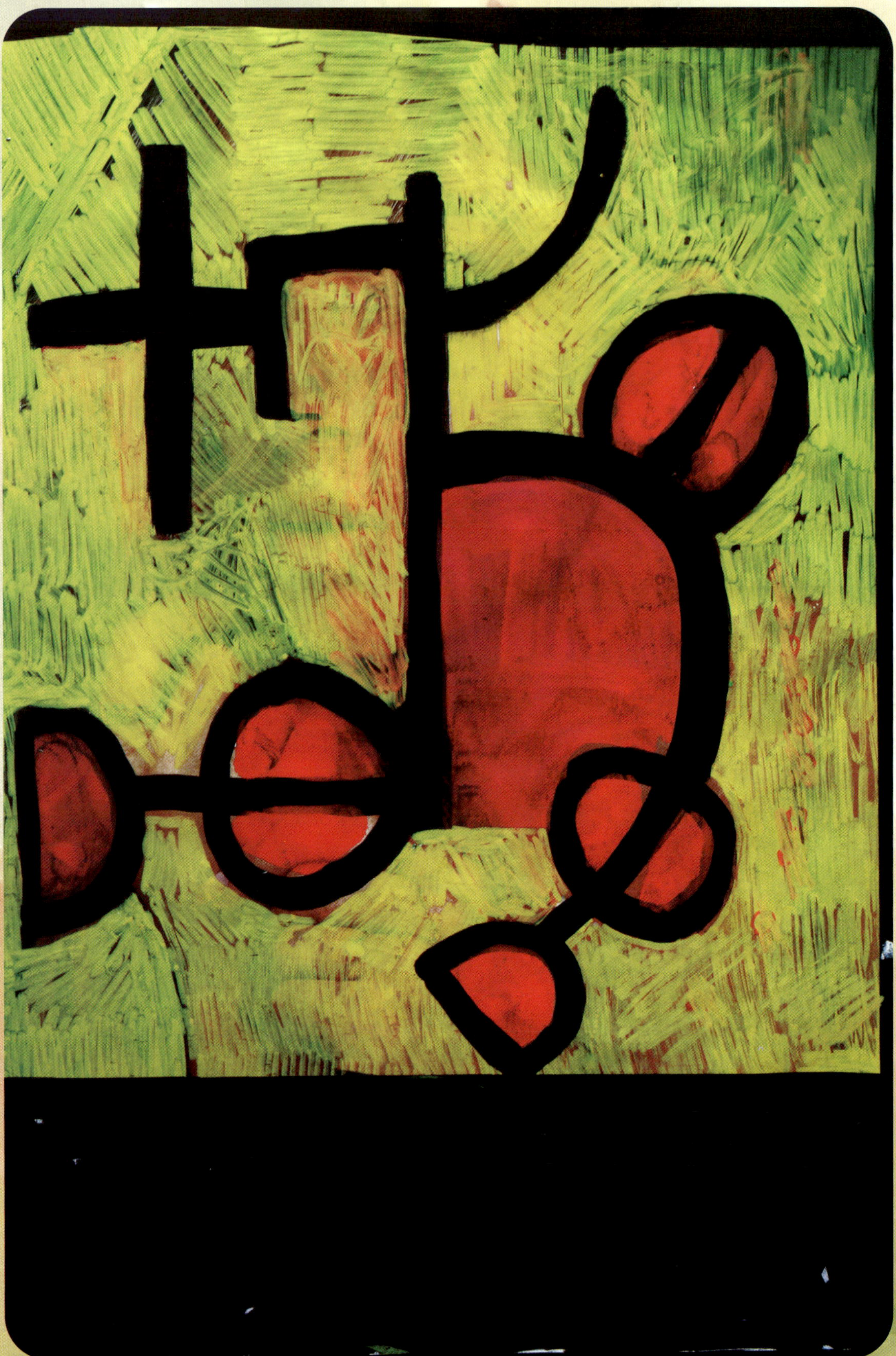

ELA INDAGOU ESPANTADA: "ELE AINDA É VIVO?"

Professor, pude casar, em 1957. Do casamento, nasceram seis meninos, nove peças de teatro em três atos, várias de um ato, e um romance chamado *A Pedra do Reino*. A Câmara de Vereadores de Taperoá me deu o título de Cidadão Taperoaense e a Assembleia de Pernambuco o de Cidadão Pernambucano — fatos que aumentaram minhas dúvidas sobre o lugar em que nasci. Ultimamente começaram a me acontecer coisas estranhas: por exemplo, uma porção de gente começa a ficar convencida de que eu morri. Fui transformado em *ponto de vestibular* na Universidade. Pois bem: outro dia, um estudante, numa prova desse vestibular, escreveu que "Ariano Suassuna foi um escritor contemporâneo de Gil Vicente"; isto significa que, no caso de eu ter sobrevivido tanto tempo, ando aí pelos 447 anos. Depois, a irmã de um colega de trabalho meu — moça que também era candidata ao vestibular — disse ao irmão que estava com dificuldade em conseguir bibliografia sobre mim. E, como o rapaz dissesse que ia tentar resolver o problema falando comigo, na Universidade, a moça indagou, espantada: "Ah, e esse homem ainda é vivo?" Depois, outra moça, Débora Cavalcante, me mandou, pelo correio, um exemplar da revista *Coquetel*, especializada em palavras cruzadas. Na revista, com muita honra para mim, havia um quebra-cabeça no qual, se a pessoa acertasse tudo, surgia, na primeira linha vertical, o nome de minha peça *Auto da Compadecida*. Ocorre, porém, que, na proposição do enigma, dizia-se que, tendo meu teatro ligações com o de Gil Vicente, meus despojos tinham sido "trasladados de Portugal para o Brasil em 1966".

Eu tinha escrito um artigo, no qual (com medo de que, no futuro, dissessem que eu não tinha existido, ou então que não era autor dos meus livros — como dizem a respeito de Homero e Shakespeare) alertava já a posteridade para que, caso surgissem essas dúvidas, ninguém se fiasse nos *documentos oficiais*; isto porque eu sou tão sem sorte sob esse aspecto que, somente no Recife, tenho três personalidades jurídicas diferentes: na Prefeitura, meu nome é Amaro V. Suassuna, pessoa que nunca existiu; no saneamento, eu apareço com o nome honrado de Manuel Alves Maia, cidadão que já morreu há bastante tempo; e na Companhia de Eletricidade de Pernambuco meu nome é Isaac David de Souza, cidadão que existe e é até meu amigo, mas que eu juro, por tudo que é sagrado, que não escreveu o *Auto da Compadecida*, nem *A Pedra do Reino*, nem nenhum outro trabalho meu.

Eu escrevera esse artigo para dissipar as dúvidas dos outros. Mas agora, considerado contemporâneo de Gil Vicente por um candidato a universitário; definido como defunto irrecuperável pela irmã de meu colega de trabalho; e garantindo a revista *Coquetel* que meus despojos já vieram de Portugal para o Brasil em 1966 — antes dos de dom Pedro I, portanto —, quem já está ficando na dúvida sou eu. Sobretudo porque, depois que aquela *catástrofe nominal* destruiu a cidade em que nasci, fiz como Carlos Drummond de Andrade, que, protestando contra o tempo em que mudaram o nome de sua cidade de Itabira para o nome de um político, escreveu as seguintes palavras: "Sempre sofri muito com a mudança de nomes das coisas. Nome é sagrado... Uma vez acordei e minha terra natal havia mudado de nome — durante a noite. Era uma noite longa, e o nome novo representava uma homenagem, ou melhor, uma operação política... Senti-me cortado pela raiz. O adjetivo que me tocara para indicar a condição de nascido naquele lugar era impraticável. Desisti do nascimento, até que, dissipada a longa noite, o nome velho voltou a existir."

Comparado comigo, Drummond teve sorte, porque, para nós Suassunas, a presente noite começou em 1930, e ainda dura. O nome da cidade em que nasci também foi mudado, e, para mim — que me perdoem os que pensam diferentemente —, o adjetivo de *pessoense* é absolutamente impraticável. Principalmente porque os outros nordestinos costumam levar na galhofa os "pessoenses convencidos", indagando se eles "são filhos naturais de João Pessoa". Assim, aproveito a generosidade dos vereadores taperoaenses, e, uma vez que quero continuar fiel às minhas raízes paraibanas e sertanejas, *considero-me nascido, mesmo, é em Taperoá*. E se tal coisa é legalmente impossível, faço como Drummond: enquanto dure a longa noite presente, mesmo com o risco de passar por defunto antes do tempo, *desisto de ter nascido*.

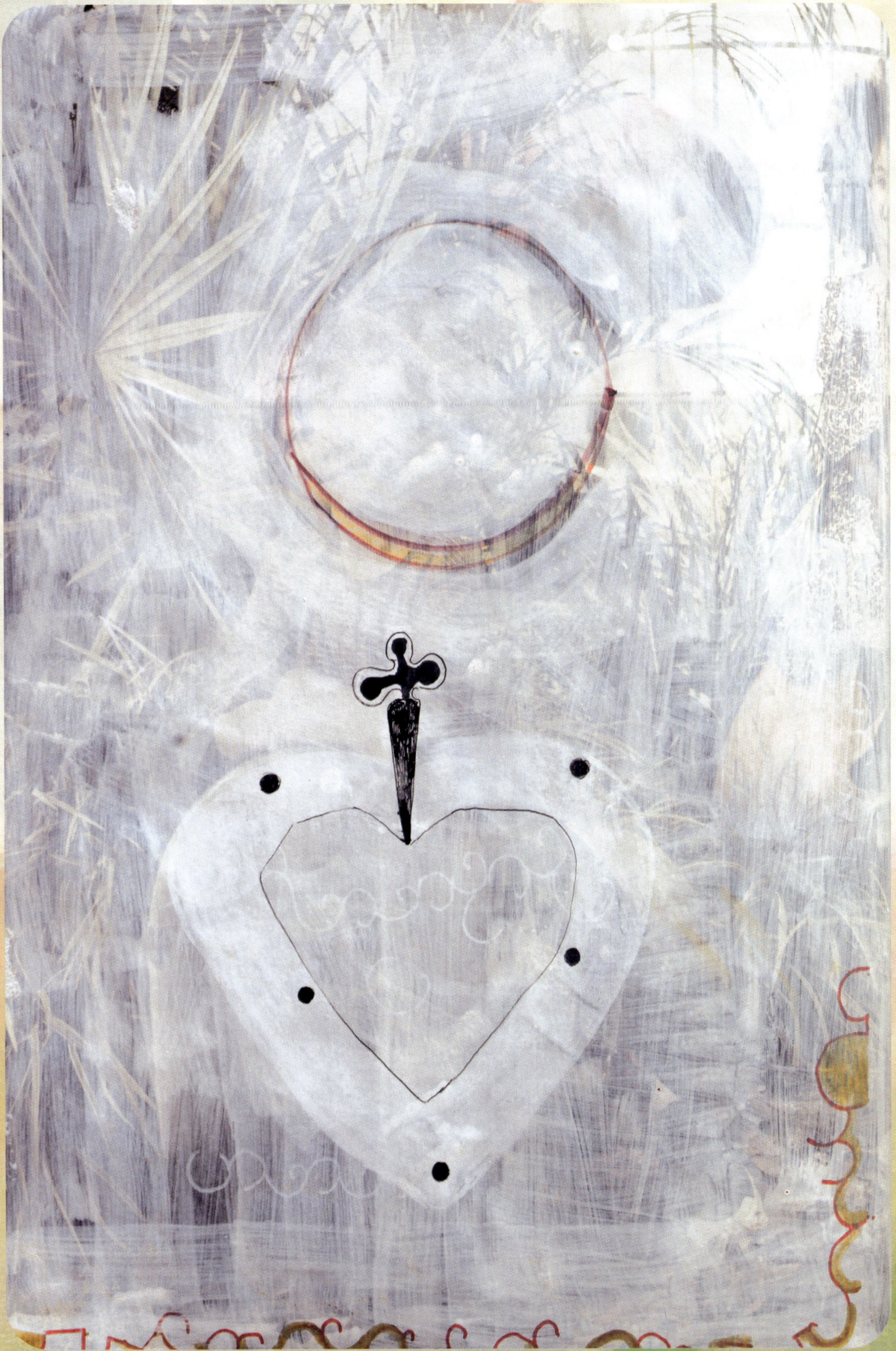

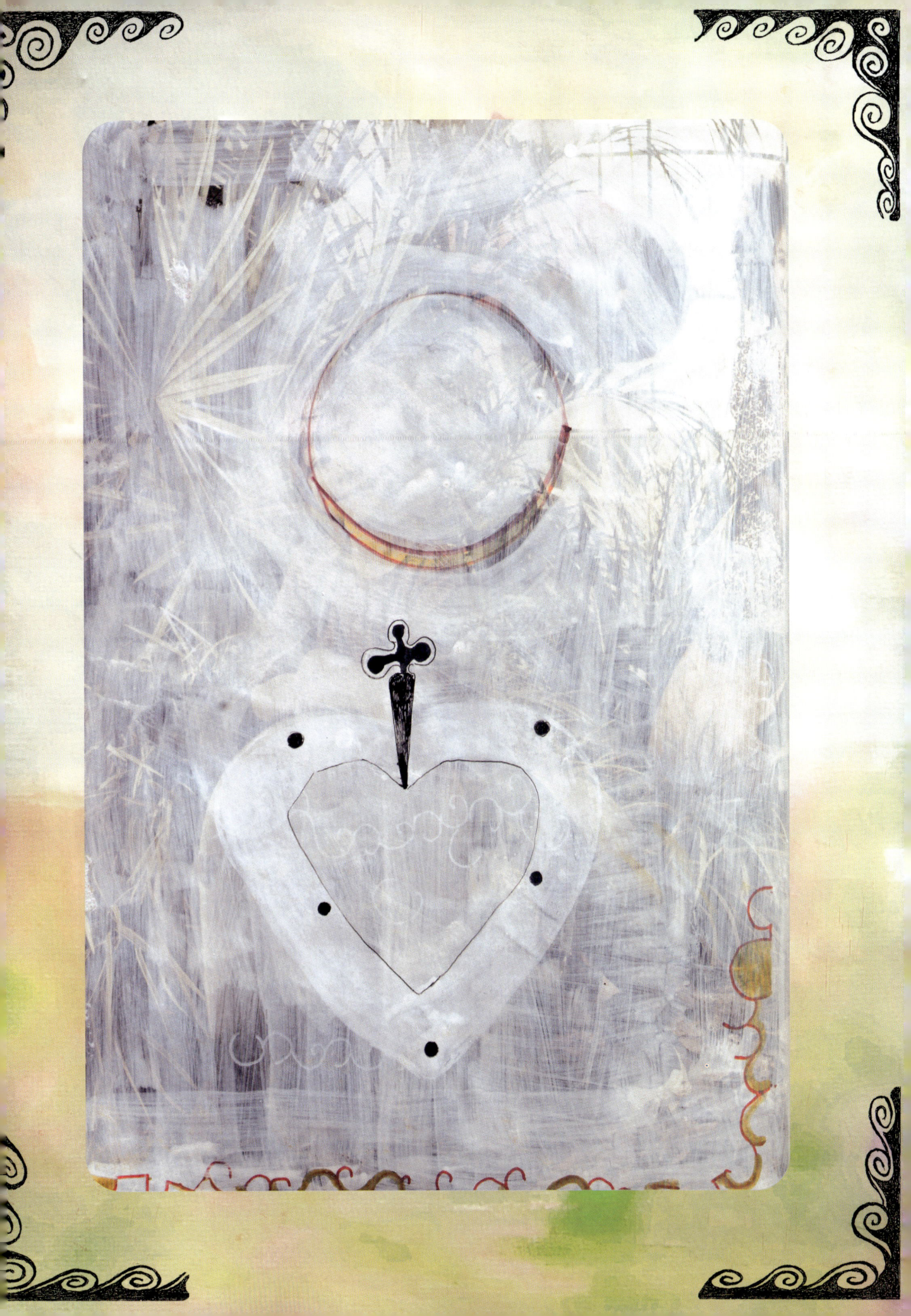

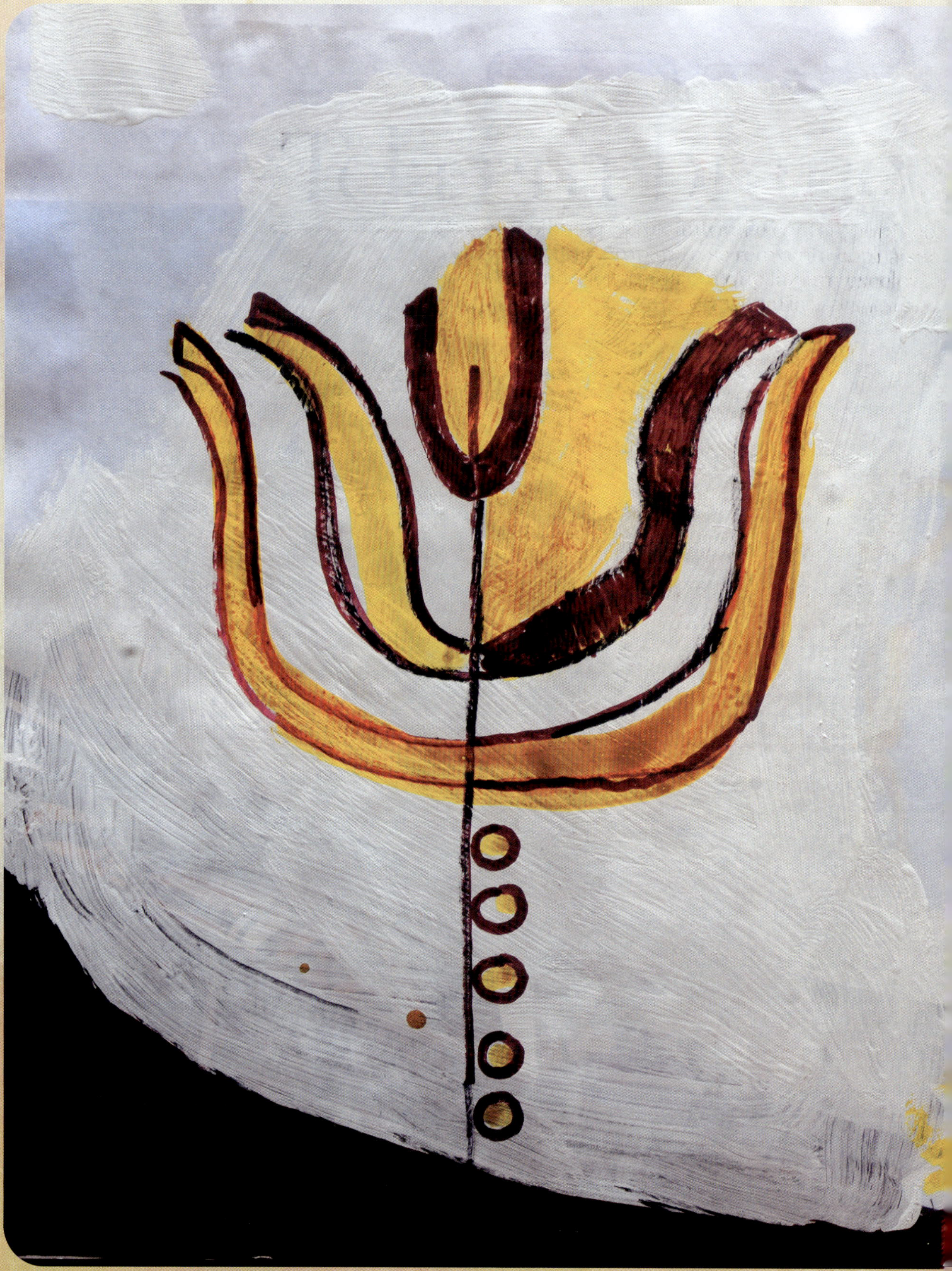

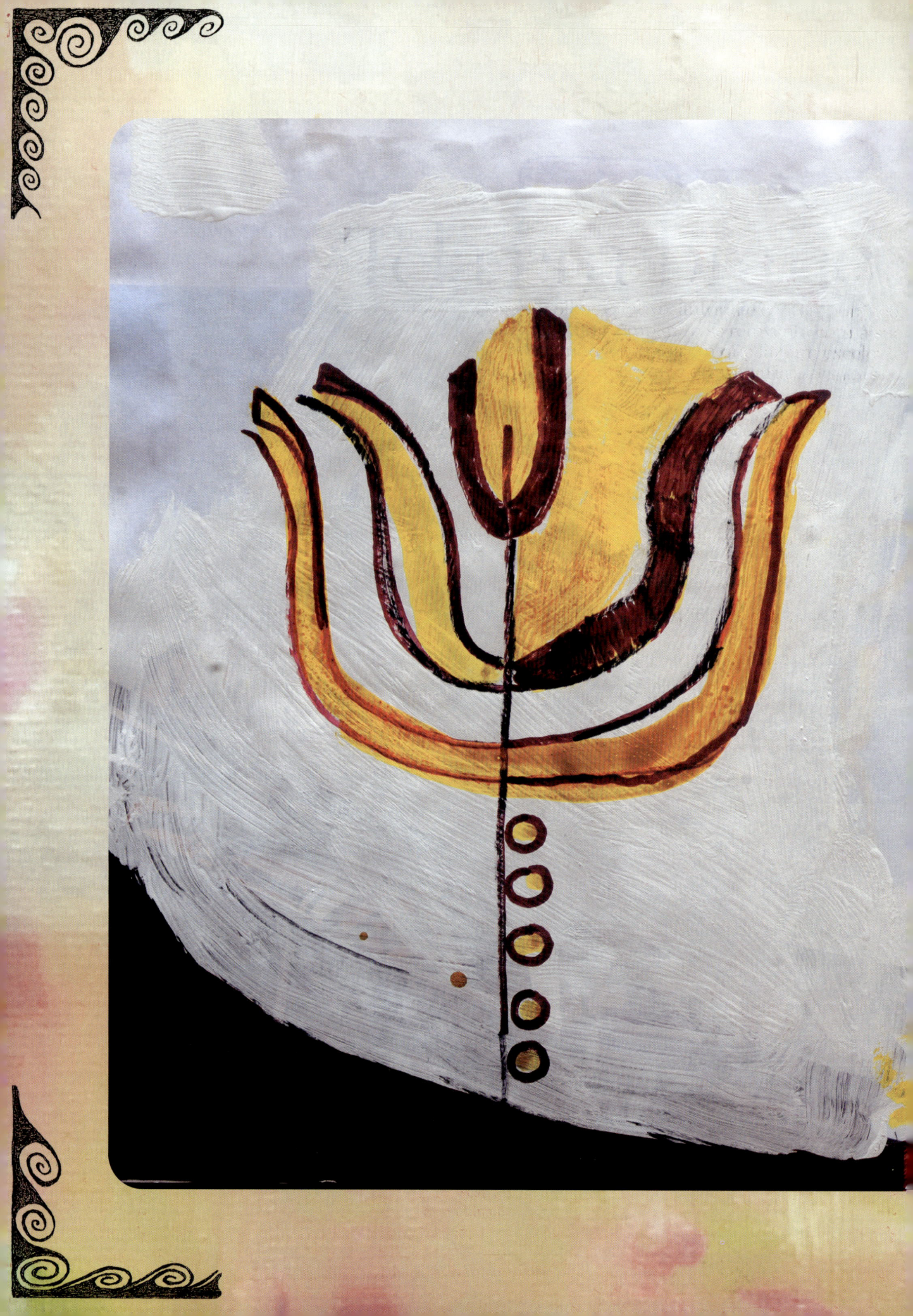

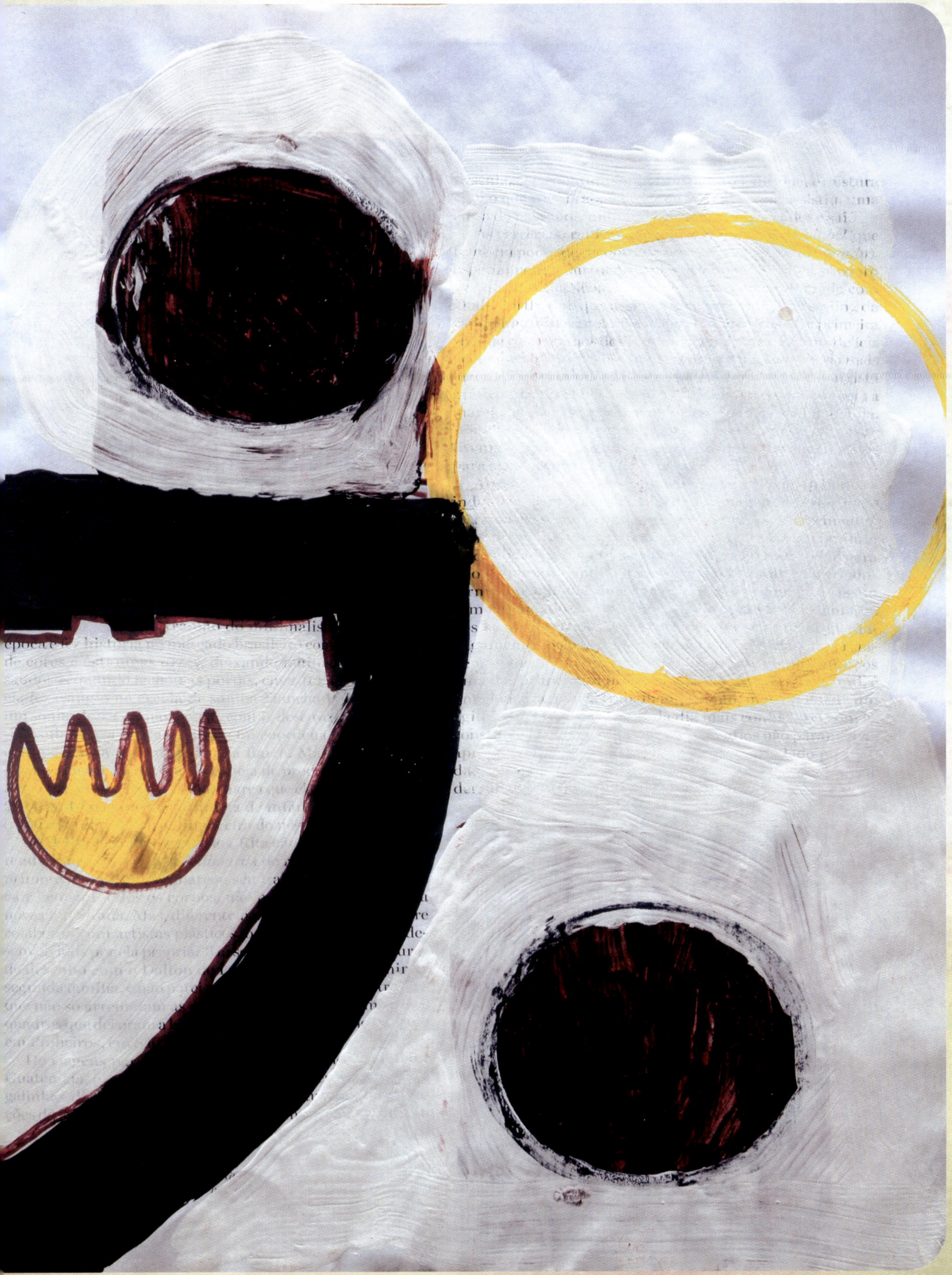

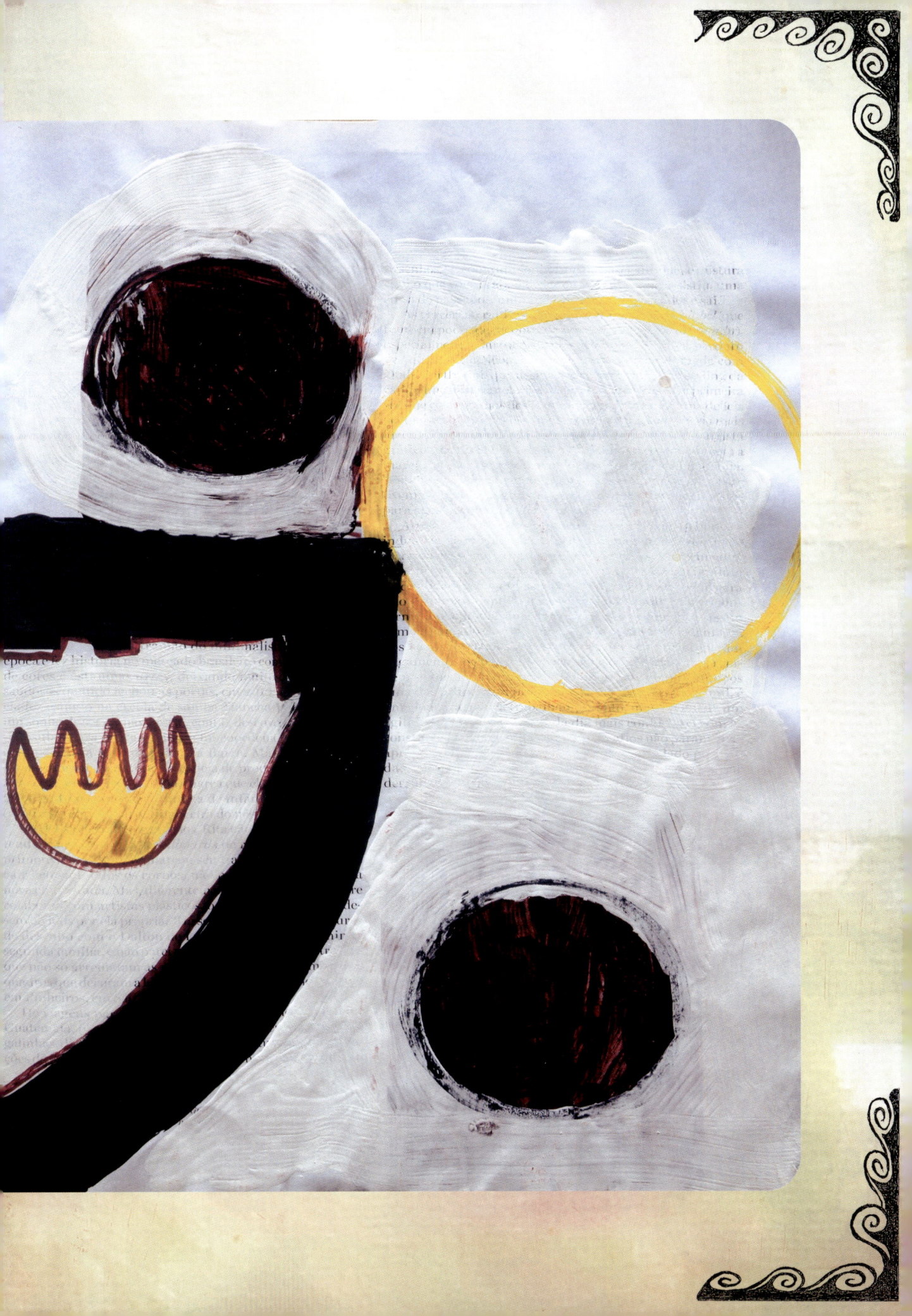

OS TEXTOS

Os textos reunidos neste volume foram extraídos dos seguintes livros e periódicos:

"O soldado e o valente" — *Folha de S.Paulo*, 5 de fevereiro de 2001.

"O doido de Patos" — *Jornal da Semana*, Recife, 7 a 13 de janeiro de 1973.

"Cantadores no palácio do governo"— *Jornal da Semana*, Recife, 21 a 27 de janeiro de 1973.

"Dois tiros pela culatra" — *Folha de S.Paulo*, 28 de março de 2000. (Excerto.)

"Biu Doido" — *Jornal da Semana*, Recife, 21 a 27 de janeiro de 1973. (Excerto.)

"O gaúcho de Campina Grande" — *Jornal da Semana*, Recife, 11 a 17 de março de 1973.

"A pensão de Dona Berta" — NUTELS, Noel et al. *Noel Nutels: Memórias e Depoimentos*. Rio de Janeiro: José Olympio, 1974. pp. 37-50.

"Homero existiu?" — *Jornal da Semana*, Recife, 8 a 14 de abril de 1973.

"O curandeiro sertanejo" — *Jornal da Semana*, Recife, 8 a 14 de julho de 1973.

"A cidade e o Sertão" — *Jornal da Semana*, Recife, 12 a 18 de agosto de 1973.

"O comerciante de Taperoá" — *Jornal da Semana*, Recife, 26 de agosto a 1º de setembro de 1973. (Excerto.)

"Três histórias de trem" — SUASSUNA, Ariano. *Almanaque Armorial*. Seleção, organização e prefácio de Carlos Newton Júnior. Rio de Janeiro: José Olympio, 2008. pp. 197-207. (Originalmente publicadas no *Informativo RN*, RFFSA, ano III, números 30, 36 e 37, em maio, novembro e dezembro de 1973.)

"Suassuna por ele mesmo" — *Ele Ela*, Rio de Janeiro, ano 6, nº 64, pp. 58-62, agosto de 1974.

O AUTOR

Poeta, dramaturgo, romancista e artista plástico, Ariano Suassuna nasceu na capital da Paraíba, em 1927, e faleceu no Recife, em 2014. Adquiriu renome nacional e internacional com obras como o *Auto da Compadecida*, no campo do teatro, e o *Romance d'A Pedra do Reino*, na prosa de ficção. Membro da Academia Brasileira de Letras e grande defensor da cultura brasileira, foi o idealizador do Movimento Armorial, lançado no Recife em 1970 com o objetivo de, nas suas palavras, "realizar uma arte erudita brasileira a partir das raízes populares da nossa cultura".

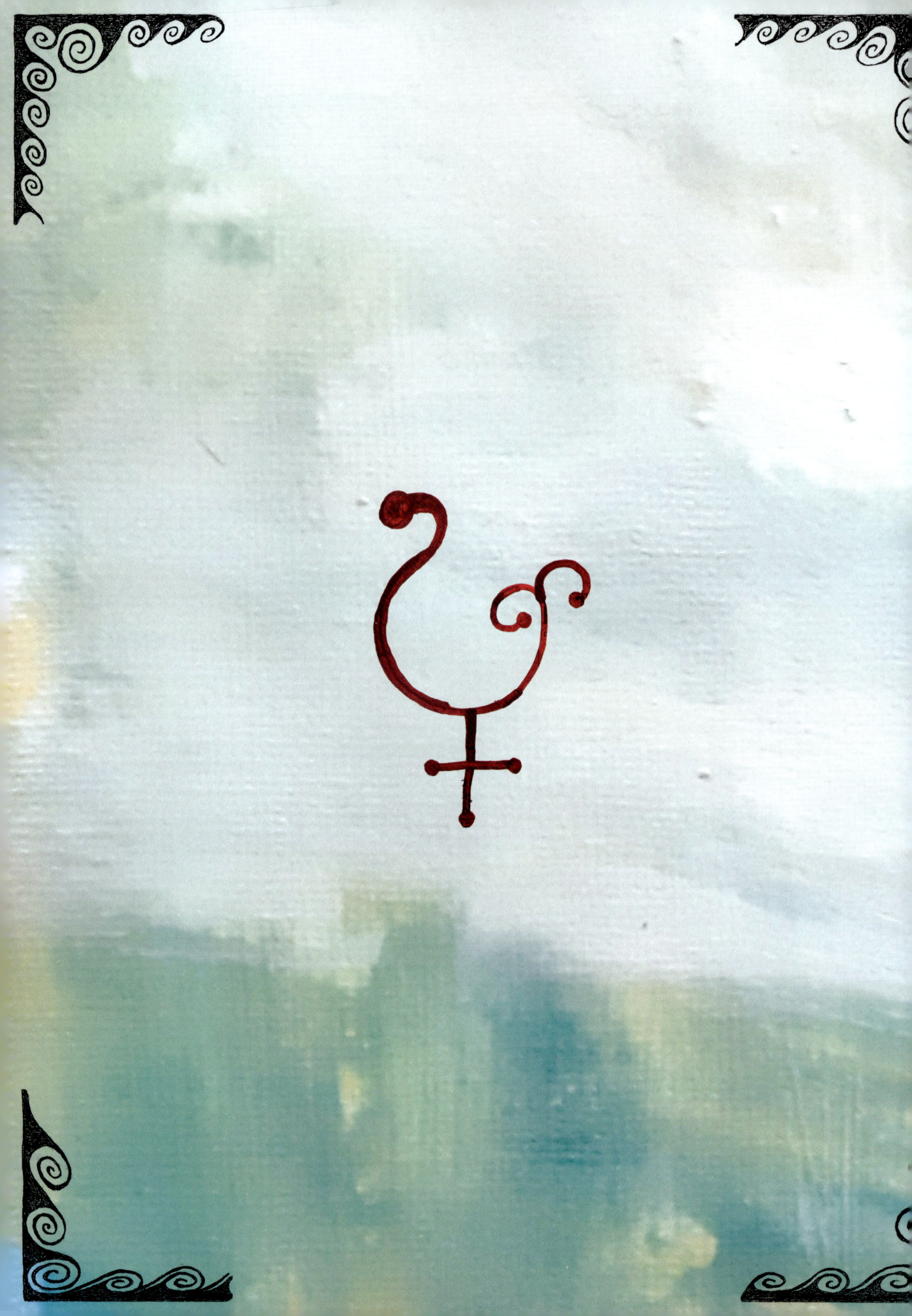

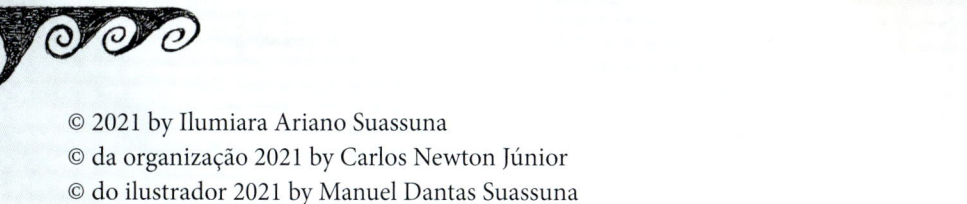

© 2021 by Ilumiara Ariano Suassuna
© da organização 2021 by Carlos Newton Júnior
© do ilustrador 2021 by Manuel Dantas Suassuna

Direitos de edição da obra em língua portuguesa no Brasil adquiridos pela Editora Nova Fronteira Participações S.A. Todos os direitos reservados. Nenhuma parte desta obra pode ser apropriada e estocada em sistema de banco de dados ou processo similar, em qualquer forma ou meio, seja eletrônico, de fotocópia, gravação etc., sem a permissão do detentor do copirraite.

Editora Nova Fronteira Participações S.A.
Rua Candelária, 60 — 7º andar — Centro — 20091-020
Rio de Janeiro — RJ — Brasil
Tel.: (21) 3882-8200

Imagem de capa:
Arte de Manuel Dantas Suassuna a partir de desenho de Ariano Suassuna

Ficha catalográfica elaborada pela bibliotecária
Tatiana D'Almeida – CRB 7022

S939s
    Suassuna, Ariano.
      A pensão de Dona Berta e outras histórias para jovens. / Ariano Suassuna ; organização de Carlos Newton Júnior; ilustrações de Manuel Dantas Suassuna.
      Rio de Janeiro : Nova Fronteira, 2021.
      112 p.; il.; 20,5 x 27,5cm

    ISBN: 9786556401003

    1.Literatura Brasileira. 2. Título.

                              CDD 869.3

Direção editorial
Daniele Cajueiro

Editora responsável
Mariana Elia

Produção editorial
Adriana Torres
Mariana Bard
Roberto Jannarelli

Revisão
Eduardo Rosal

Fixação de texto
Carlos Newton Júnior

Direção de arte
Manuel Dantas Suassuna

Capa, projeto gráfico e diagramação
Ricardo Gouveia de Melo

Este livro foi composto com as fontes Minion Pro e Dantas_letras desenhadas de Manuel Dantas Suassuna, fonte desenvolvida por Ricardo Gouveia de Melo. Este livro foi impresso em 2021 para a Nova Fronteira.